15 Jahre

Nika Lubitsch

NIKA LUBITSCH

15 JAHRE

Lindenthaler Allee 36, 14163 Berlin
Telefon-Nr. 030/770 59 774
Mail: info@nikalubitsch.de

Webseite: www.nikalubitsch.de
Facebook: www.facebook.com/NikaLubitsch

Lektorat: Regine Weisbrod, www.lektorat-weisbrod.de
Korrektorat & Satz: Corinna Rindlisbacher, www.ebokks.de
Coverdesign: Catrin Sommer, www.rausch-gold.com
Coverfoto: shutterstock_1184125618,_379481179

Briesen, Landkreis Oder-Spree, im Oktober

Simon Steinbrück war besorgt. Die Kiefern in „seinem" Wald sahen gar nicht gut aus. Nachdem sich vor einigen Jahren die Kiefernbuschhornblattwespe durch die Baumkronen gefressen hatte, waren die Bäume geschwächt, und die seit zwei Jahren anhaltende Trockenheit hatte die Situation dramatisch verschärft. Wenn er es richtig sah, dann war mehr als ein Drittel der Bäume kaum noch zu retten. Der erneut viel zu trockene Sommer, Borkenkäfer und Pilze breiteten sich massiv aus. Auch die Eichen und die Buchen waren stark beeinträchtigt, aber in den brandenburgischen Wäldern wuchsen hauptsächlich Kiefern. Immerhin war sein Bezirk von Waldbränden verschont geblieben. Simon Steinbrück litt mit seinen Bäumen wie eine Mutter mit ihrem kranken Kind.

Susi, seine schon etwas angejahrte Deutsch-Kurzhaar-Hündin, war vorweggelaufen. „Nicht so schnell, Süße", rief er der Hundedame hinterher. Akribisch stellte der Förster den Zustand jedes Baumes fest und markierte mit weißer Farbe die Bäume, die wegen Borkenkäferbefalls zum Schutz der noch gesunden Nachbarn gefällt werden mussten.

Plötzlich fing Susi an zu bellen. Er kannte seine Hündin und konnte an dem Ton ihres Bellens bereits erahnen, dass sie etwas Aufregendes gefunden hatte. Wahrscheinlich ein totes Tier, dachte er. „Aus, Susi", rief er, aber die sonst so folgsame Hündin wollte nicht aufhören anzuschlagen. Resigniert steckte der Förster die Sprühdose mit der weißen Farbe in seine Jackentasche und ging in die Richtung, aus der Susis wütendes Gebell kam. „Was zum Teufel ist denn los, Schätzchen?", rief er im Näherkommen. Susi stand mit gefletschten Zähnen vor einer Sandsenke und knurrte. So aufgeregt hatte der Förster seine Hündin nur einmal gesehen, vor einigen Jahren, als sie im Wald den Baum gefunden hatte, an dem ein Unglücklicher mit einem Seil um den Hals baumelte.

Deshalb rechnete Simon Steinbrück bereits damit, dass das, was er gleich sehen würde, ganz und gar nicht erfreulich war. Vorsichtig näherte er sich dem knurrenden Hund, der mit der Pfote an etwas scharrte. „Sitz, Susi, sitz!" Widerwillig knurrend folgte die gut abgerichtete Jagdhündin seinem Befehl.

Und dann sah Simon Steinbrück das, was Susi so aufgeregt hatte: Eine menschliche Hand ragte aus einem Haufen von Kiefernnadeln und lockerem Sand.

„Ich will verdammt sein …", knurrte jetzt auch der Förster. Ohne lange nachzudenken, zog der sein Smartphone aus der Jackentasche und wählte 110. Als sich die Einsatzzentrale meldete, sagte Simon: „In meinem Wald liegt eine Leiche."

Polizeidirektion 4 Berlin – Abschnitt 43

„Schellhas", sage ich mit überkieksender Stimme, „Andreas Schellhas."

„Können Sie das buchstabieren?", fragt der Polizist hinter dem Tresen.

„Anton, Nordpol, Dora …"

„Nachname reicht", sagt der Polizist.

Ich buchstabiere und merke, dass meine Stimme sich zunehmend hysterisch anhört. Aber der Mann scheint hysterische Weiber gewohnt zu sein, jedenfalls ist er die Ruhe selbst, während ich kurz davor bin zu hyperventilieren.

„Beruhigen Sie sich, gute Frau, wollen Sie nun eine Vermisstenanzeige aufgeben oder nicht?"

„Doch, ja, natürlich, eine Vermisstenanzeige, klar."

„Geburtsdatum?"

„27. September 1976."

„Ähm?" Der Polizist sieht mich an. Auf meiner Stirn hat sich ein Schweißtropfen selbstständig gemacht.

„So alt – beziehungsweise so jung?"

„Wie bitte?"

„Der Vermisste ist also, äh, neununddreißig? Sind Sie sein Vormund?"

„Nein, wieso?“, frage ich.

„Eine Vermisstenanzeige nehmen wir normalerweise nur für Kinder oder alte oder geistig behinderte Menschen auf, die auf Betreuung angewiesen sind.“

„Wieso das denn? Ich dachte, Sie hätten so einen Computer, in dem Sie nachgucken könnten, ob jemand vielleicht einen Unfall hatte oder so?“

„Da hätten wir aber viel zu tun. Haben Sie schon die Krankenhäuser angerufen?“

„Ja, klar, was glauben Sie, was ich seit vorgestern gemacht habe! Ich habe alle Krankenhäuser in Berlin und im Umland abtelefoniert. Nichts.“

„Na, dann wird ihm wohl auch nichts passiert sein. Sie müssen verstehen, jeder Mensch über achtzehn hat bei uns in Deutschland das Recht, frei über seinen Aufenthaltsort zu bestimmen. Und wenn jemand nicht gefunden werden will, wird er einen guten Grund dafür haben. Und das ist sein gutes Recht.“

„Aber ich bin seine Frau!“, schreie ich.

„Eben“, sagt der Polizist.

Wenn ich ihn nicht dringend bräuchte, würde ich ihm jetzt eine passende Bemerkung an den Kopf werfen.

„Hören Sie, ich habe alle Freunde, alle Bekannte aufgeschreckt, ich war in seinem Büro, habe seine Mitarbeiter abtelefoniert, nichts. Mein Mann ist verschwunden.“

„Handy?“, fragt der Mann hinter dem Tresen ungerührt.

„0172 …“

„Ich meine nicht die Nummer. Können Sie ihn nicht über Handy erreichen?“

Was für eine blöde Frage! „Mailbox. Er ist einfach nicht erreichbar. Bitte, was soll ich denn noch tun?"

„Sich erst mal beruhigen. Es wird schon eine natürliche Erklärung dafür geben, warum Ihr Mann verschwunden ist. Die gibt es immer. Also fast immer."

Die beiden Beamten, die hinter dem Polizisten an zwei Schreibtischen sitzen, habe ich offensichtlich bereits von ihrer Arbeit abgelenkt. Denn sie schauen interessiert zu, was ihr Kollege mit mir macht.

„Bitte, ich fühle, dass meinem Mann etwas zugestoßen ist. Können Sie mir denn gar nicht helfen?"

„Eigentlich nicht. Wie gesagt, Ihr Mann ist erwachsen, und wenn er sich nichts hat zuschulden kommen lassen, darf er so lange verschwinden, wie er will."

„Soll das heißen, dass ich erst eine Diebstahlsanzeige gegen ihn aufgeben muss, damit man ihn überhaupt erst einmal sucht?"

„Fehlt Ihnen denn etwas?"

„Ja, mein Mann!" Ich kriege einen Heulkrampf.

Ich höre, wie der Polizist hinter dem Tresen tief durchatmet. Männer können heulende Frauen schlecht ertragen.

„Mein Auto!", schreie ich. Was für ein Einfall. „Mein Mann ist mit meinem Auto verschwunden."

Der Polizist nimmt wieder seinen Stift zur Hand. „Kennzeichen?"

„B-SH 873", sage ich.

„Wagentyp?", fragt er.

„Hyundai iX20."

„Farbe?"

„Silber."

„Gut. Geburtsort Ihres Mannes?"

„Berlin." Ich fürchte, ich rieche wie ein Puma.

„Und Ihr Name?", fragt der Mann ungerührt.

„Schellhas natürlich."

„Vorname?"

„Nicole."

„Mädchenname?"

„Haase. Mit zwei a." Mach jetzt bloß keinen dummen Witz, denke ich.

„Da haben sich wohl zwei Hasen getroffen." Es kommt prompt. Wie immer. „Seit wann vermissen Sie den Wagen?", fragt der Polizist.

„Seit Freitagmorgen, also seit drei Tagen", sage ich.

„Wo wurde er zuletzt abgestellt?"

Ich nenne ihm unsere Adresse. „Was passiert denn jetzt?"

„Also erst einmal benötige ich die Zulassungsbescheinigung für Ihren Wagen, damit ich eine Diebstahlsanzeige aufnehmen kann. Den Kfz-Schein haben Sie dabei?"

„Nein, natürlich nicht, den hat doch mein Mann."

„Gut, wir brauchen dann die Zulassungsbescheinigung eins."

„Und wenn ich Ihnen die nachher bringe, was passiert dann?" In meinem Kopf drehen sich die Gedanken. Wo zum Teufel habe ich die Zulassungsbescheinigungen für mein Auto?

„Wir suchen dann nach Ihrem Wagen. Und ich werde eine Fahndung nach Ihrem Mann veranlassen, der, wenn ich Sie richtig verstanden habe, Ihr Auto gestohlen hat. So war es doch, oder?"

„Ja, gestohlen, genau. Kann ich die Anzeige gegen meinen Mann zurückziehen, wenn sich herausstellt, dass er den Wagen nur geliehen hat?", frage ich.

Der Polizist lächelt. Ich lächle zurück. Unter Tränen. Ich hatte Andreas mein Auto gegeben, weil seins in der Werkstatt war. Aber das werden wir jetzt nicht thematisieren. Der Mann hinter dem Tresen hat mir eine Brücke gebaut, und über die gehe ich gerade mit zitternden Knien.

„Sie können die Anzeige jederzeit zurückziehen."

„Wo wird denn dann nach meinem Auto und meinem Mann gefahndet?"

„In ganz Deutschland", sagt der Polizist.

„Danke!"

„Haben Sie ein aktuelles Foto von Ihrem Mann?"

Mit zitternden Händen ziehe ich mein Lieblingsfoto von Andreas aus meinem Portemonnaie. Ich hasse es, wenn andere ständig irgendwelche Bilder auf ihren Smartphones herumzeigen. Auf dem Bild ist er zwar ein wenig jünger, aber sein markantes Gesicht mit den klugen Augen, um die sich im Laufe der Jahre ein paar Lachfältchen gebildet haben, und den beiden Grübchen rechts und links vom Mund sind darauf gut zu erkennen. Ich liebe dieses Porträt Foto von ihm, das ich an unserem zehnten Hochzeitstag aufgenommen habe. Eigentlich sind wir ein Vogelpaar, er ist der Schönere von uns beiden.

Der Polizist fragt auch sofort nach äußerlichen Merkmalen. „Mein Mann ist zirka einen Meter fünfundachtzig groß, schlank, also gut durchtrainiert, hat dunkelblonde, kurz geschorene Haare und graugrüne Augen. Eine gerade Nase, verstehen Sie, so ein richtig klassisches Profil. Und große Ohren."

Sehr große Ohren, denke ich. Ich habe ihn immer damit aufgezogen. *Andi, warum hast du so große Ohren? – Damit ich dich besser hören kann ...* Verdammt, mir springen schon wieder die Tränen aus den Augen.

„Wie war er bekleidet, als Sie ihn zum letzten Mal gesehen haben?", fragt der Polizist.

Hinten an der Wand, zwischen den beiden großen Fenstern, hängt ein Plakat, das vor Diebstahl warnt.

Ich versuche, mich zu erinnern. Andi trägt fast immer das Gleiche, wenn er zur Arbeit in sein Steuerberatungsbüro geht: entweder einen anthrazitfarbenen oder einen dunkelblauen Anzug, wovon er mehrere in seinem Schrank hängen hat. Mal tauscht er die Sakkos aus, mal nimmt er dazu ein Cord- oder ein Leinensakko, wenn keine Mandantentermine anstehen. Oberhemden besitzt Andi in nahezu jeder Farbe. Aber immer ist er seriös „verkleidet", wie er selbst es nennt, obwohl er nur zu besonderen Anlässen auch noch eine Krawatte trägt. Sobald Andi nach Hause kommt, schmeißt er die Klamotten von sich und schlüpft in bequeme Hosen und T-Shirts. Ich liebe meinen Mann im Casual Look, im Anzug ist er mir immer ein wenig fremd. Was hat er angehabt am Freitag, als er mit meinem Auto ins Büro gefahren ist, wo er niemals ankam? Ich hatte nicht hingesehen! Verdammt, ich kann mich einfach nicht erinnern.

„Wer schaut schon auf den Anzug seines Mannes, es sei denn auf der Suche nach einem Fleck?", sage ich. Schallendes Gelächter vom linken Schreibtisch hinter dem Tresen. Der Mann scheint seine eigenen Erfahrungen mit Ehefrauen gemacht zu haben.

„Fehlt etwas in seinem Kleiderschrank?"

„Ich wäre nicht hier, wenn ich bemerkt hätte, dass etwas fehlt. Und, um Ihrer Frage zuvorzukommen: Es fehlt auch kein Koffer, keine Tasche, nicht mal sein Sportgepäck. Seine Zahnbürste ist ebenfalls an Ort und Stelle! Deshalb bin ich ja so aufgeregt."

„Jetzt brauche ich doch noch seine Handynummer", sagt der Mann hinter dem Tresen. Ich gebe sie ihm, wobei ich mich zweimal verhasple, so aufgeregt bin ich. Seit drei Nächten habe ich nicht mehr geschlafen, ich renne durch die Gegend wie ein Tiger im Käfig, mein Magen tut weh von dem vielen Kaffee, den ich in mich hineingeschüttet habe.

„Bitte, finden Sie ihn", sage ich mit flehender Stimme, „egal wie und wo, Hauptsache, ich weiß, dass es ihm gut geht."

Nachdem ich ihm auch noch meine eigenen Telefonnummern gegeben habe, verlasse ich das Polizeirevier in der Berliner Alemannenstraße. Andis Volvo ist immer noch in der Werkstatt, ich bin zu Fuß unterwegs. Ich fühle mich unsäglich allein. Im Bahnhof Nikolassee besorge ich mir in der Bäckerei ein Stück Mohnkuchen – ich muss dringend an meinem Blutzuckerspiegel arbeiten – und in dem Zeitungsladen eine *BZ*. Unfälle, Mord und Totschlag sind schließlich die Lieblingsthemen der Boulevardzeitungen.

Als ich unsere große Dachwohnung in der Straße Am Schlachtensee aufschließe, schreit mich die Stille darin regelrecht an. Wir lieben diese Wohnung, jedenfalls unter der Woche. Am Wochenende verwandelt sich unsere Straße in einen Rennsteig für Sonntagsausflügler, so dass wir meist ins Umland fliehen. Ich werfe die Zeitung auf unseren Olivenholztisch und esse den Kuchen direkt aus der Tüte. Aber nach zwei Bissen ist mir der Appetit vergangen. Mein Magen ist wie zugeschnürt. Eigentlich ist mir seit Tagen schlecht. Ich ziehe die *BZ* zu mir heran und durchblättere sie nach Meldungen. Auf der Brandenburg-Seite lese ich eine Überschrift, die mir den Schweiß aus allen Poren treibt:

Grausiger Fund

Oh Gott, bitte, bitte nicht. Mit zitternden Händen ziehe ich das Blatt näher zu mir heran, damit ich den kurzen Text unter der Überschrift lesen kann:

Einen grausigen Fund machte ein Waldarbeiter in einem Potsdamer Waldstück: Nur etwa 15 Meter von einem Forstweg entfernt stieß er auf die stark verwesten Überreste eines Mannes, der dort offensichtlich begraben worden war. Die bereits skelettierte Leiche war wahrscheinlich von einem Tier ausgegraben worden. Das Waldstück liegt nahe der Autobahn A 115. Der Fundort wurde weiträumig abgesperrt und kriminaltechnisch untersucht. Das Skelett wurde in die Rechtsmedizin gebracht. Die Mordkommission der Polizeidirektion West hat die Ermittlungen übernommen. Zur Identität des Mannes gibt es bisher keine Erkenntnisse.

Puh! Durchatmen. Es ist jedenfalls nicht Andi, so viel steht fest. Der Leichnam hat dort wohl ziemlich lange gelegen. Wie lange braucht eine Leiche eigentlich, bis sie skelettiert?, hat Andi vor vielen Jahren auf einer Party mal einen Kommissar von einer Berliner Mordkommission gefragt. Das käme ganz auf die Umstände an, hat der Mann erklärt. Temperatur, Bodenbeschaffenheit, Regen oder Trockenheit und auch auf die Tiefe des Grabes und wie die sterblichen Überreste eingepackt seien. In einem Sarg halte sich ein Leichnam am längsten, bis er skelettiert, könne es bis zu dreißig Jahre dauern. Am schnellsten gehe es an der Luft, etwa doppelt so schnell wie im Wasser.

Ich weiß noch, dass sich ein Veterinärmediziner in das Gespräch eingemischt hat, der einwarf, dass das Skelettieren durch Ameisen besonders beschleunigt werde. Von den fleißigen Ameisen könne ein Leichnam in drei Wochen ratzekahl gefressen werden. Partygespräche eben. Die Vorstellung, dass Tiere eine Leiche ausgraben können, macht mir heute Gänsehaut. Ich stelle mir vor, ich mache mit einem Hund einen schönen Waldspaziergang, und plötzlich kommt mir Fifi mit einer menschlichen Hand entgegen.

Bei dem Gedanken dreht sich mir der Magen um, ich stürze zum Waschbecken und würge die zwei Bissen Mohnkuchen wieder aus. Nico, reiß dich zusammen! Ich spritze mir kaltes Wasser ins Gesicht und beseitige die Schweinerei.

Die Klingel meines Telefons lässt mich zusammenfahren. Es ist zumindest nicht Andi, der hat ein eigenes Klingelzeichen: *Treulich geführt.*

Werde ich jetzt bei jedem Klingeln so zusammenschrecken? Mit wackligen Knien gehe ich in den Flur, wo meine Handtasche steht. Ich zupple mein Telefon heraus, es ist Ina, meine beste Freundin. Erleichtert nehme ich das Gespräch an. Was hatte ich erwartet? Die Polizei!

„Hast du schon was gehört? Gibt es was Neues?"

„Nein." Die Verzweiflung scheint mir die Stimme zu nehmen. „Nichts Neues." Ich berichte Ina, dass es gar nicht so einfach gewesen war, überhaupt eine Vermisstenmeldung abzusetzen. „Stell dir vor, ich musste eine Diebstahlsanzeige gegen Andi stellen, sonst hätten die keinen Finger krumm gemacht."

„Was? Wieso das denn? Ich dachte immer, dass nach jedem gesucht wird, der achtundvierzig Stunden vermisst wird", sagt Ina.

„Das dachte ich auch. Aber ich habe mich belehren lassen müssen, dass mein Mann ein Erwachsener sei und nicht unter meiner Vormundschaft stehe. Er könne hingehen, wohin er will, kein Gesetz zwinge ihn, sich bei mir abzumelden. Das hat der Bulle zwar so nicht gesagt, aber gemeint." Mir laufen die Tränen übers Gesicht, ich versuche, nicht direkt in das Telefon zu schluchzen.

„In was für einem Land leben wir eigentlich?" Ina ist wirklich empört.

„In einem freien."
„Scheiße!"
„Sag ich doch. Ich hoffe, dass sie ihn über das Auto finden. Ina, bitte sag mir, dass er mich nicht einfach verlassen hat!"
„Wie jetzt, du glaubst doch nicht im Ernst, dass Andi dich freiwillig verlassen hat? Sag mal, haben die auf der Polizei eine Gehirnwäsche mit dir veranstaltet, oder was? Jeder, der euch kennt, weiß, wie glücklich ihr zusammen seid. Andi betet den Boden an, auf dem du wandelst."
„Nun übertreib mal nicht."
„Ihr seid nicht glücklich?"
„Ja, doch, natürlich."
„Na also. Ich kenne kein einziges Paar, das nach fünfzehn Jahren Ehe noch so glücklich ist."
„Du weißt doch, nach fünfzehn Jahren kann eine lebenslang verhängte Strafe zur Bewährung ausgesetzt werden", sage ich.
„Mensch, Nico, ich habe euch beide immer beneidet. Ihr seid einfach wie … wie … Topf und Deckel, wie Romeo und Julia der Jetztzeit."
„Die endeten auch tödlich", sage ich. Okay, mein Humor ist mir wirklich abhandengekommen.
„Soll ich nach der Arbeit bei dir vorbeikommen?", fragt Ina. Sie spürt, dass ich eine Hand brauche, die mich hält.
„Wenn du mich aushältst? Ich bin in einer entsetzlichen Verfassung."
„Merke ich, bin um acht bei dir!"
Liebe, gute Ina. Was würde ich ohne meine beste Freun-

din machen … Sie hat jeden Liebeskummer meines Lebens miterlebt, mir die Hand gehalten, als mein Vater beerdigt wurde, und war meine Trauzeugin auf dem Standesamt in Zehlendorf, als Andi und ich den Bund fürs Leben geschlossen haben.

Seit zwei Jahren ist Ina geschieden, kein Wunder, dass sie mich immer um Andi beneidet hat. Ihr Torsten hat sie regelmäßig mit irgendwelchen Tinder-Liebchen betrogen, dummerweise hat er sich auch an unsere Schulkameradin Laura rangemacht, so dass seine ganzen Seitensprünge aufgeflogen sind. Ich habe damals versucht, ihre Ehe zu retten, aber letztendlich musste ich Ina recht geben: lieber ein Ende mit Schrecken als ein Schrecken ohne Ende. Seitdem ist Ina wieder auf der Suche, ironischerweise auf Tinder. Die Aussicht, dass Ina den Abend mit mir verbringen will, beruhigt mich bereits jetzt. Ich habe Angst vor dem Abend, vor der langen Nacht, in der ich nicht schlafen kann, Angst vor den Schatten an der Wand, Angst davor, auf die Geräusche der parkenden Autos in unserer Straße zu lauschen oder auf das Klingeln des Telefons. Andi, Andi, was ist nur mit dir passiert?

Mama

Kaum habe ich das Gespräch mit Ina beendet, ruft meine Mutter an. „Wie geht es dir, mein Schatz?"

„Mama!"

„Er ist also noch nicht wieder aufgetaucht?"

„Nein, Mama, ich habe dir doch versprochen, mich sofort zu melden, wenn ich was gehört habe."

Wie sagt man seiner Mutter, dass ihre besorgten Anrufe mehr schaden als nutzen? Mama macht mich nervös. Sie liebt Andi über alles, ich habe mich sogar schon gefragt, ob sie ihn nicht vielleicht sogar lieber hat als mich. Sie hat sich immer einen Sohn gewünscht, und Andi war die Inkarnation all ihrer Sehnsüchte. „Den solltest du heiraten", hat sie mir noch am ersten Abend zugeflüstert, an dem ich Andi mit zu meinen Eltern gebracht habe. Mein Vater hat das etwas differenzierter gesehen, aber das zwischen Mama und Andi war Liebe auf den ersten Blick. Natürlich hatte mein Vater auch keine wirklich stichhaltigen Argumente gegen Andi, aber welcher Vater findet schon spontan Gefallen am Geliebten seiner kleinen Prinzessin. Andi sieht gut aus, ist klug, gebildet, charmant und kann sich benehmen, in Vaters Augen mithin ein Blender.

„Der ist zu gut, um echt zu sein“, hat mein Vater mir damals am Telefon gesagt, als wir am nächsten Tag telefoniert haben.

„Du bist ja nur eifersüchtig!“, habe ich damals lachend erwidert. Ein Körnchen Wahrheit war wohl dabei gewesen. Dabei hatte ich lange gewartet, bevor ich Andi meinen Eltern vorgestellt habe. Mein Liebesleben, fand ich, ging meine Eltern einen feuchten Kehricht an. Aber ich musste ihnen damals natürlich den Grund für meinen Umzug vom Kollwitzplatz zum Savignyplatz erklären. Schließlich würden sie mich ab und an auch einmal besuchen.

Das Schicksal wollte es, dass es meinem Vater erspart geblieben ist, mich zum Traualtar zu führen. Eines Nachts stand er auf, um auf die Toilette zu gehen, und kam nie wieder zurück ins Bett. Ein schwerer Herzinfarkt riss ihn ohne Vorwarnung innerhalb von Minuten mitten aus dem Leben. Der einzige Trost, den ich für meine Mutter hatte, war, dass er nicht hatte leiden müssen.

Andi hat Mama damals sofort zu uns geholt. Er hat sie betüttelt wie ein krankes Kind. Ich war ebenso am Boden zerstört, aber Andi machte sich nur Sorgen um Mama. „Ich habe Angst um deine Mutter, deine Eltern waren so symbiotisch, ich hoffe, dass deine Mutter diesen Verlust überlebt“, hat er damals gesagt, als ich ihm zu verstehen gab, dass ich auch ein bisschen Trost gebrauchen könnte. Die Ehe meiner Eltern war für Andi immer das ganz große Vorbild.

Ich glaube, wenn ich aus einer geschiedenen Beziehung stammen würde, hätte Andi mich nicht geheiratet.

„Wenn du wissen willst, welche Chance deine eigene Ehe hat, guck dir die Ehe der Eltern deiner Frau an", hat er mal gesagt. Ich halte das zwar grundsätzlich für Quatsch, aber ich muss gestehen, dass es sich mit dem Spross einer funktionierenden Beziehung besser lebt als mit jemandem, der bereits in frühester Jugend Trennungs- und Verlustängste entwickelt hat. Andi war jedenfalls nie eifersüchtig, er hat mir meine Freiheit und meine Erfolge ganz selbstverständlich zugestanden, meine Ehe mit Andi hob sich sehr erholsam von den längeren Beziehungen ab, die ich vor ihm hatte. Wenn ich Andis Ansicht einmal umdrehe, dann war die Beziehung seiner Eltern auch ein gutes Omen für unsere Ehe. Mama und Papa Schellhas sind einander auch heute noch in liebevoller Frotzelei zugetan, auch wenn Papa Schellhas inzwischen stark von der Parkinson'schen Krankheit gezeichnet ist. Andis Mutter umsorgt ihn seit Jahren, ohne zu klagen.

Als ich allerdings einmal die Vermutung äußerte, es käme seiner Mutter vielleicht ganz gelegen, dass sein Vater immer hilfloser wird, hatten wir einen handfesten Krach. Andi wollte einfach nicht zugeben, dass sein Vater nicht nur als Oberst der Bundeswehr immer gern das Sagen hatte. Mein Mann schwört, dass sein Vater seine Mutter vor allem deshalb liebt, weil sie ihm Halt gibt. Mein Schwiegervater kam mir zwar nicht so haltlos vor, aber er hat mir tatsächlich mal gestanden, dass er ohne seine Frau verloren wäre: „Sie erdet mich, weißt du."

So viel also zu den abgehobenen Männern aus der Schellhas-Familie. Natürlich habe ich Andis Mutter angerufen, um zu fragen, ob sie etwas von ihrem Sohn gehört hat. Ich habe ihr allerdings nicht gesagt, dass Andi spurlos verschwunden ist. Sie hat genug Sorgen mit ihrem Mann, der im Moment rasant abbaut und seit Neuestem starke Demenzerscheinungen zeigt. Ob stark oder nicht, ich habe Angst, dass meine Schwiegermutter zusammenbricht. Mir reicht meine eigene Mutter.

Nach dem Tod meines Vaters wohnte Mama fast vier Monate bei uns. Ein Arrangement, das ich von mir aus so nie getroffen hätte. Zu unserem größten Erstaunen hat meine Mutter sich aber schnell berappelt. Knapp zwei Jahre nach Papas Tod hat sie wieder geheiratet: einen Bauingenieur aus Schwäbisch-Hall, mit dem sie seitdem von Großbaustelle zu Großbaustelle zieht. Im Moment wohnen Mama und Hans, mein Stiefvater, in Batignolles, Tür an Tür mit den führenden Künstlern von Paris, und während Hans beim Bau des „Grand Paris Express“ arbeitet, sitzt meine Mama im Café und lektoriert Romane für einen deutschen Verlag. Ein Lebensstil, der in Andis Augen dem Himmel sehr nahekommt.

„Und ihr habt euch wirklich nicht gestritten? Du weißt, dass du dazu neigst, verletzend zu sein.“

„Mama! Danke. Nein, wir haben uns nicht gestritten. Wir haben uns nie gestritten“, sage ich. Auch wenn das nicht ganz stimmt. Aber fast.

„Vielleicht liegt es daran, vielleicht will er endlich mal einen heftigen Streit. Ein klärendes Gewitter. Eine wirklich glückliche Ehe braucht ab und an Streit.“ Die Weisheiten meiner Mutter gehen mir bereits mein ganzes Leben lang auf die Nerven. Schon in der Pubertät habe ich ihr vorgeworfen, dass sie ihre Weltsicht aus den romantischen Liebesromanen bezieht, die sie lektoriert.

„Wenn er hätte Streit haben wollen, hätte er ihn gekriegt. Das Letzte, was Andi will, sind Meinungsverschiedenheiten.“ Tatsächlich ist mir das Harmoniebedürfnis meines Mannes oft zu weit gegangen, aber das werde ich meiner Mutter nicht auf die Nase binden. Andi verbuddelt jedes Problem mit einem großen Spaten in der Erde. Hauptsache, es ist alles schön im Gleichklang.

„Not before the children“, haben meine Eltern immer gesagt, wenn sie sich eigentlich haben streiten wollen. Das falsche Englisch war wohl ein Originalzitat von meiner Oma, die sich nie mit ihrem Mann vor ihren fünf Kindern gestritten hatte. In Anlehnung an Oma kann ich einfach nur sagen: Not before the parents.

Andi war es nicht gewohnt, dass Frauen widersprechen oder aufmucken. Seine ach so starke Mutter hat einfach gemacht, was sie wollte, und den Alten reden lassen. Das jedenfalls war mein Eindruck von der glücklichen Ehe seiner Eltern. Ein Rezept so gut wie das andere.

Ich habe meine eigenen Vorstellungen von einer glücklichen Ehe. Und an die kommt meine Beziehung zu Andi trotz allem sehr nah ran. Ich war immer fest davon überzeugt, dass wir eine einmalig glückliche Ehe führen. Und nun ist er weg.

„Mama, ich habe Angst!“, schreie ich ins Telefon.

„Mäuschen, soll ich nach Berlin kommen?“, fragt sie.

Bloß nicht!

„Du kannst mir doch auch nicht helfen“, heule ich. Niemand kann mir helfen.

„Hast du heute schon was gegessen?“ Sie macht sich tatsächlich Sorgen um mein leibliches Wohl.

„Ich habe es soeben ausgekotzt!“, schreie ich ins Telefon. Wenn ich einen hysterischen Anfall kriegen will, dann kriege ich ihn. Und mir ist gerade sehr hysterisch zumute.

„Schatz, du musst doch was essen. Koch dir eine schöne Suppe.“

„Das bringt mir Andi auch nicht zurück. Mama, du kannst mir nicht helfen, ich kann mir selbst nicht helfen, die Polizei kann mir nicht helfen, ich weiß einfach nicht, was ich tun soll. Verstehst du? Ich habe keinen Hunger, ich habe ein gebrochenes Herz, verdammte Scheiße!“

„Kein Grund, ordinär zu werden!“

„Was, das ist kein Grund, ordinär zu werden? Wie soll ich denn sonst die Situation bezeichnen? Scheiße, scheiße, scheiße! Kacke, Mist, Fotze!“

Meine Mutter hat aufgelegt. Sie kann Schimpfwörter nicht ertragen. Sie sind für sie der Gipfel der Widerlichkeit. Scheiße zu sagen, war bei uns zu Hause ein Kapitalverbrechen. Ich weiß, dass sie mich in zehn Minuten wieder anrufen wird. Weil es ihr leidtun wird, dass sie aufgelegt hat. Mama ist kein schlechter Mensch, keine schlechte Mutter. Nur eben – speziell. Hach, es geht mir schon viel besser, nachdem ich mal ordentlich ordinär geworden bin. „Verfluchte, gequirlte Hühnerkacke“, schreie ich in die Stille unserer Wohnung. Es tut so gut, laut zu schreien. Ich schreie, bis es klingelt. Oh Gott, die Nachbarn!

Und richtig. Frau Lehmann von nebenan steht vor der Tür und fragt, ob etwas passiert sei. Ob sie helfen könne. „Entschuldigung", sage ich und wische mir die Tränen ab. „Ich musste nur eben mal schreien. Mein Mann ist seit drei Tagen verschwunden, ich musste mir einfach Luft machen, sonst wäre ich erstickt."

„Das tut mir so leid. Sie sind doch so ein nettes Paar. Ist etwas passiert?"

„Ich weiß es nicht, wirklich nicht", sage ich und will die Tür schließen.

Aber Frau Lehmann lässt sich nicht so leicht abwimmeln. „Ich bin immer ein kleines bisschen neidisch, wenn ich Sie abends gemeinsam auf Ihrer Terrasse lachen höre. Man hat das Gefühl, dass von Ihrer Terrasse immer gute Laune herüberweht", sagt sie.

Ich lächle die Frau dankbar an. „Deshalb fürchte ich ja auch, dass etwas Schlimmes passiert ist", sage ich.

„Kann ich Ihnen irgendwie helfen?"

„Sie haben mir eben schon geholfen. Wissen Sie, man beginnt, an der eigenen Wahrnehmung zu zweifeln, wenn der Mann, mit dem man eigentlich glaubt, glücklich zu sein, plötzlich verschwindet."

„Daran brauchen Sie gewiss nicht zu zweifeln", sagt die Nachbarin, die ich auf Mitte sechzig schätze. „Sie sind ein tolles Paar, das sieht man heute selten."

Ich bedanke mich artig und sage: „Ich muss jetzt telefonieren."

„Mein Angebot steht, wenn Sie Hilfe benötigen, sagen Sie Bescheid."

Ich nicke und schließe die Tür. Alle finden, dass wir als Paar preiswürdig sind. Alle. Trotzdem bleibt Andi verschwunden. Das Telefon klingelt. Wusste ich doch, meine Mutter.

Ina

Meine Freundin kommt beladen mit zwei Pizzen und einer Flasche Rotwein am Abend vorbei. Erstaunlicherweise kann ich sogar fast eine ganze Pizza Tonno essen, Ina scheint beruhigend auf meine Magennerven zu wirken. Während wir essen, plaudert Ina Belangloses, über ihren Job als Pharmaberaterin und die Begebenheiten des Tages, sie will mich ablenken von meinem Kummer. Aber kaum hat sie meine Espressomaschine angeworfen, kehren wir natürlich zurück zu Andreas.

„Schatz", sagt sie mit dem Rücken zu mir, „ich habe mir was überlegt."

Ich bin sofort in Habachtstellung. „Ja?"

„Ihr habt doch gemeinsame Konten, Geldanlagen et cetera. Oder?"

„Ja, klar."

Mir wird klar, worauf Ina hinauswill. Ina ist eine super Verkäuferin. Sie schafft es, jedem eine Idee so zu vermitteln, dass derjenige glaubt, sie stamme von ihm.

„Du meinst, ich soll mal gucken, ob noch alles an seinem Platz ist?" Mir wird ganz heiß.

Wenn Ina skeptisch ist, sehen ihre Augen fast grün aus.

Ich fühle mich plötzlich sehr naiv. Natürlich hat Ina recht, vielleicht hat Andi mich ja auch in Gelddingen betrogen.

„Traust du das Andi zu?“, frage ich entsetzt.

„Genauso wenig wie du. Aber man sollte niemals nie sagen, Vertrauen ist gut, Kontrolle ist besser. Zumal du doch wohl diejenige im Haus bist, die das Geld hat.“

„Andi hat immer mehr verdient als ich.“ Obwohl ich als freiberufliche Grafikerin auch nicht schlecht dastehe.

„Aber du hast von deinem Vater einiges geerbt“, gibt Ina zu bedenken. „Und wie ich dich kenne, hast du das von ihm anlegen lassen.“

Meine Freundin Ina. Sie kennt mich besser als ich mich selbst. „Natürlich, welche freischaffende Künstlerin würde das nicht ihrem Steuerberater- und Wirtschaftsprüfergatten überlassen. Ich verstehe was von Design, er von Geld.“

„Aber du weißt in etwa, wie und wo Andi dein Erbe angelegt hat?“

„Wir haben darüber gesprochen, natürlich“, sage ich. Was ich nicht sage und auch nicht zu sagen brauche: Finanzielle Dinge sind mir ein Gräuel, Andi muss mir regelmäßig jeden Monat sanft in den Hintern treten, damit ich überhaupt Rechnungen an meine Kunden schreibe. Ich hasse alles, was mit Papierkram zu tun hat, Zahlenkolonnen machen mich aggressiv.

„Und du weißt natürlich, wo er die Bankbelege, Depotauszüge, Versicherungsurkunden etc. aufbewahrt?“, fragt Ina.

„In seiner Kanzlei, nehme ich an.“

„Warst du da schon?“, fragt Ina.

„Natürlich war ich da, direkt bevor ich zur Polizei ge-

gangen bin, ich habe mir seinen Terminkalender angeschaut."
Siedend heiß fällt mir die Zulassung für mein Auto ein. Ich erinnere mich, wie ich ihn gebeten habe, unsere Wohnung nicht mit diesen hässlichen, schwarzen Leitz-Ordnern zuzumüllen. „Du hast doch genug Büroschränke in der Kanzlei", habe ich gesagt.

„Aber das geht doch niemanden etwas an in der Firma, das sind doch auch deine Unterlagen", hat er damals geantwortet.

„Dann pack das Zeug in einen Schrank, den du abschließen kannst. Aber bitte nicht hier."

Ich liebe offene Regale, geschlossene Schränke deprimieren mich. Wir haben nicht einmal einen Schlafzimmerschrank, sondern uns einen begehbaren Kleiderschrank bauen lassen. Wir haben nur ein paar Schubladen, in die ich alles stopfe, was mich optisch stört.

„Kommst du online an diese Konten ran?", fragt mich Ina.

„Ich weiß es nicht", muss ich kleinlaut zugeben. „Ich habe selbst nur drei Online-Konten, eines für meinen Job, eines für mich persönlich und ein gemeinsames Konto für die monatlichen Ausgaben. An die anderen Konten komme ich sicher auch online ran, aber ich habe keine Ahnung, wie die Passwörter lauten und was wie lange und wo liegt."

„Und ich habe dich immer für deine Intelligenz bewundert", sagt Ina. „Was meinst du, wie glücklich ich war, als ich Torsten rausgeschmissen habe, dass ich immer unsere gemeinsamen Finanzen unter Kontrolle hatte."

„Und nun?", frage ich. „Was soll ich tun?"

„Du gehst morgen früh in seine Kanzlei und beschlagnahmst eure gemeinsamen Akten."

„Und wie soll ich mich da zurechtfinden? Ich habe überhaupt keine Ahnung von dem Papierkram."

„Andi hat doch Mädels da, die die Buchungen vornehmen, oder glaubst du im Ernst, dass Steuerberater jede einzelne Steuererklärung ihrer Mandanten selbst machen? Dafür hat man Arbeitsbienen, der Steuerberater kontrolliert und setzt seinen Stempel darunter. So ist das jedenfalls bei meinem Steuerberater."

Ich habe Ina immer für ihr praktisches Problemlösungsvermögen bewundert. „Bin ich wirklich so naiv, wie es jetzt scheint?", frage ich kleinlaut.

„Niemand kann aus seiner Haut", sagt Ina und streichelt mir über den Arm. „Geh morgen früh in Andis Büro und lass dir von seiner besten Kraft helfen. Du weißt, wer seine beste Kraft ist?"

„Ja, die Dorothea. Doro ist schon seit über zehn Jahren bei ihm, er hält große Stücke auf sie."

„Und wie kommst du mit dieser Doro klar? Könnte sie mit ihm ein Verhältnis haben?"

„Ina, Doro ist über fünfzig und wiegt eine Tonne!"

„Okay, das ist genau die richtige Frau für dich. Also, Süße, ich bring dich jetzt ins Bettchen, und morgen früh holst du dir wenigstens die Hoheit über deine Finanzen zurück."

„Ich kann nicht schlafen", sage ich.

„Doch", sagt Ina, „du kannst schlafen. Frau Doktor Ina hat dir nämlich Beruhigungspillen mitgebracht. Davon nimmst du jetzt eine, und in einer Stunde bist du sanft entschlummert."

Im Büro

Und wieder eine Nacht ohne Andi. Inas Beruhigungstablette hat mich zwar einnicken lassen, dafür bin ich mitten in der Nacht aufgeschreckt. Mein Schädel dröhnt, und mein Herz rast, als hätte ich es aufgezogen.

Ich habe Angst in der Dunkelheit. Seit Andi fort ist, lasse ich seine Nachttischlampe brennen. Aber auch das künstliche Licht kann die Schatten nicht vertreiben, die mir die Kehle zuschnüren.

Ina hat recht. Wenn ihm nichts zugestoßen ist, wovon ich nach vier Tagen ohne Nachricht ausgehen muss, dann scheint es nur eine andere Möglichkeit zu geben: Andi wollte sich absetzen. Niemand setzt sich ab ohne Geld. Natürlich kann es sein, dass er unsere Konten abgeräumt hat. Mir wird ganz heiß bei dem Gedanken. Bin ich wirklich so naiv, dass ich daran gar nicht gedacht habe? Macht Liebe so blind?

Manchmal, tagsüber, wenn ich an meinem Computer sitze und nachdenke, schaue ich auf sein Foto auf meinem Schreibtisch, und es ist schon vorgekommen, dass mir Tränen aus den Augen geflossen sind. Tränen des Glücks. Ich wusste immer, was für ein Glück ich habe, diesen Mann getroffen zu haben. Neulich habe ich in einem Film mal sinngemäß Folgendes gehört: Die Götter teilen Orangen in ihre Schnitze auf und werfen sie auf die Erde. Und wer ganz großes Glück im Leben hat, trifft auf einen anderen Schnitz aus derselben Apfelsine. Andi und ich stammen aus derselben Orange. Wir lachen oder ärgern uns über die gleichen Dinge, wenn einer auf etwas Lust hat, hat der andere in derselben Sekunde die gleiche Idee, wir brauchen keine Worte, um uns zu verständigen. Trotzdem quatschen wir oft bis zum Morgengrauen. Unsere Herzen schlagen im selben Takt. Bis letzten Freitag, bis Andi verschwand.

Oder habe ich mir das alles nur vorgemacht? So war es doch von Anfang an gewesen. Schon bei unserem Kennenlernen. Nach noch nicht einmal zwanzig Minuten hat Andi mich gefragt, ob wir uns nicht vielleicht schon einmal in einem anderen Leben getroffen haben. Da war sofort diese Vertrautheit, *sag mir*, hat er gesagt, *sag mir, dass ich nicht träume*. Wir hatten uns auf einer viel zu lauten Party auf der *Alten Liebe*, einem am Ufer liegenden Haveldampfer, kennengelernt. Es war eine warme Julinacht, er hat meine Hand genommen, und wir haben uns von dieser unsäglichen Party gestohlen. Mitten in der Nacht sind wir durch den Grunewald gelaufen. An der Lieper Bucht haben wir uns das erste Mal geküsst. Drei Monate später haben wir unsere erste gemeinsame Wohnung in Charlottenburg bezogen. Andi und Nico, wir waren unzertrennlich.

Gegen Morgen muss ich doch wieder eingeschlafen sein. Ich träume von einem tiefen, dunklen Wald, in dem ich mich verlaufen habe. Als etwas meine Hand berührt, wache ich schreiend auf. Mein Kopfkissen ist genauso nass wie meine Haare und mein Nachthemd. Mir ist kotzübel. Trotzdem bin ich gegen zehn Uhr in seiner Kanzlei.

Sigurd öffnet die Tür. „Nico, Schätzchen, hast du was von unserem Big Boss gehört?", fragt er mich, nachdem er die Tür aufgerissen hat.

Sigurd arbeitet seit knapp drei Jahren hier. Andi macht sich oft ein wenig lustig über die „weibische Art" des jungen Steuerberaters. Wenn Sigurd „ups" sagt, hört es sich an, als ob er auf der Bühne für das Stück *Ein Käfig voller Narren* steht. Andi kann ihn herrlich nachmachen. Siggi, wie ihn hier alle nennen, gibt einfach gern die Schwuchtel. Ich glaube, er nimmt sich damit selbst auf den Arm. Laut meinem Mann ist er jedenfalls ein exzellenter Steuerberater, ich bin davon ausgegangen, dass Andi ihn irgendwann zum Partner machen wird. Es ist mir ein Rätsel, warum Sigurd sich nicht schon längst selbstständig gemacht hat, er könnte überaus auskömmlich von seinem Mandantenstamm aus der Gay-Community leben.

„Nein, Siggi", sage ich, „ist Doro da?"

„Klar, darf ich dir einen Kaffee bringen, du armer, armer Liebling?"

„Wasser wäre mir lieber", sage ich ehrlich und gehe gleich links in Dorothees Büro vor.

Andis beste Kraft wirkt überaus besorgt. „Er hat sich immer noch nicht gemeldet?", fragt sie, als ich mich ihrem Schreibtisch gegenüber in den Besucherstuhl setze.

„Nein. Ich glaube, ich brauche deine Hilfe."

Doro nickt. „Ich weiß."

Hat sie etwa etwas gefunden, was mich erschrecken wird? Mein Herz klopft so laut, dass ich Angst habe, Doro könnte es hören. „Ich suche unsere Finanzunterlagen."

Doro lächelt. Ihre Mundwinkel verschwinden fast unter den dicken Apfelbäckchen, die ihr das Aussehen eines zufriedenen Hamsters verleihen.

Siggi tänzelt mit einem Glas Wasser herein. „Hier, nicht dass du glaubst, hier sei die Sahel-Zone ausgebrochen", sagt er und fährt mir sanft über die raspelkurz geschnittenen Haare.

„Ihr habt sicher auch nichts von Andi gehört", sage ich.

„Na, hör mal, Schätzchen, wir sind Andis Angestellte, nicht seine Komplizen." Doros Mundwinkel sind jetzt überhaupt nicht mehr zu sehen.

„Kinder, ich muss euch allein lassen, macht mir keine Dummheiten, ich habe einen Mandantentermin", sagt Siggi mit einem Blick auf die Uhr.

Ich bin dankbar, als er die Tür hinter sich zumacht. Obwohl ich ihn wirklich mag, das, was ich hier zu erledigen habe, geht nur mich und Doro etwas an.

„Ich habe gestern alle Firmen- und Mandantenkonten gecheckt", sagt Dorothee. „Du kannst dich entspannen."

„Danke. Du hattest also auch einen Verdacht?", frage ich sie geradeheraus.

Doro lehnt sich in ihrem Schreibtischsessel zurück, der erschreckt aufstöhnt. „Wenn jemand spurlos verschwindet, gibt es nur drei Möglichkeiten: Entweder er hat einen Unfall gehabt, ist einem Verbrechen zum Opfer gefallen, oder er will verschwinden. Wenn du nichts von einem Unfall gehört hast, muss man zumindest Letzteres in Erwägung ziehen. Nehmen wir also mal an, Andi wollte verschwinden. Wieso? Was könnte der Grund sein? Eine andere Frau? Das hätte ich mitbekommen. Nein, ich glaube nicht, dass er dich betrogen hat", sagt Doro ungefragt.

Danke, ich wusste immer, warum sie Andis Lieblingsmitarbeiterin ist. „Was könnte denn noch ein Grund sein?"

„Dass er vielleicht einen folgenschweren Fehler bei einem Mandanten gemacht hat, der uns alle ruinieren könnte", antwortet Doro. „Ich habe alles durchforstet. Da ist nichts, ich schwöre. Außerdem wären wir auch versichert."

„Du weißt, dass all unsere Unterlagen hier lagern, weil ich das Zeug nicht zu Hause haben wollte?", frage ich Dorothee.

„Klar weiß ich das. Ich weiß auch, wie man an den Schrank kommt."

„Ich habe keine Ahnung, wie ich an unsere Konten rankomme, und, ehrlich gesagt, habe ich auch nicht den leisesten Schimmer, wo und wie Andi unser Geld angelegt hat."

„Das mit den Konten ist kein Problem. Ich habe eure Buchhaltung für die Steuererklärungen gemacht, ich kann dir natürlich sagen, welche Konten euch beide betreffen."

„Aber mir fehlen die Passwörter für die Online-Konten. Ich komme nicht an die Gelder ran."

„Die Akten, die hier lagern von euren gemeinsamen Anlagen, sind natürlich nicht auf dem neuesten Stand. Du kannst aus den verschiedenen Konten und Depots erkennen, wo euer Geld angelegt ist. Und wenn du möchtest, gehe ich mit dir auch eure letzte Steuererklärung durch und erkläre sie dir, aber eine aktuelle Konteneinsicht musst du bei den jeweiligen Banken selbst erwirken. Geh zu den Banken, zeig deinen Ausweis, und dir wird geholfen", sagt Doro. Sie hat die Passwörter also auch nicht.

„Du weißt nicht, wo Andi seine Passwörter aufbewahrt?"

„Nein. Aber wir könnten natürlich in seinen Computer rein. Er wird die Passwörter garantiert gespeichert haben. Aber – ich weiß einfach nicht, ob ich das darf, verstehst du."

„Wie meinst du das?"

„Ich darf nicht einfach in den Computer meines Chefs einbrechen, das ist strafbar. Und bei Steuerberatern ist das noch mal schwerwiegender als bei anderen."

„Aber ich will doch nur in meine eigenen Konten schauen", sage ich und fühle mich so dämlich wie noch nie zuvor in meinem Leben.

„Nicole, ich liebe meinen Job hier bei Andi. Ich will diesen Job nicht verlieren, bitte, das musst du verstehen. Ich kann dir nur insoweit helfen, dass ich dir Zugang zu euren gemeinsamen Unterlagen verschaffe. Nehmen wir einmal an, Andi hat Geld beiseitegeschafft, um irgendwo ein neues Leben anzufangen …"

„Na, hör mal", unterbreche ich sie erbost.

„Rein theoretisch, nicht dass ich das glaube, also angenommen, er hat Geld beiseitegeschafft, dann wird er es kurz vor seinem Verschwinden getan haben."

„Und du lässt mich nicht an seinen Computer?", frage ich.

„Du kannst seinen Computer gern anschalten, wenn du sein Passwort weißt. Du bist schließlich seine Ehefrau. Aber ich werde dir nicht dabei helfen. Da wirst du schon mit einer richterlichen Anordnung kommen müssen."

Die Wut steigt in mir hoch wie saurer Speichel, doch ich muss einsehen, was für eine tolle, loyale Mitarbeiterin Andi da hat. Ich bin nicht ihr Boss, Andi ist hier der Chef.

Ich nicke. „Das macht mich zwar nicht glücklich, aber ich verstehe es. Gib mir eine Übersicht über unsere Geldanlagen und erkläre mir unsere letzte Steuererklärung, dann ist mir schon viel geholfen. In der Zwischenzeit versuche ich mal, seinen Computer zu sprengen. Du hast natürlich nichts gesehen."

Doro nickt und sagt: „Komm mit."

„Ach, noch was. Ich benötige die Zulassung zu meiner Karre."

„Mal schauen, ich glaube, er hat eine Akte mit den Unterlagen für deinen Wagen."

Wir gehen in Andis Büro. Sein Arbeitszimmer ist für einen Steuerberater eigentlich überdimensioniert. Ich habe den Raum für ihn neu eingerichtet, sein altes Büro sah aus wie ein verstaubter Kramladen aus dem vorigen Jahrhundert. Während Doro zielgerichtet auf die weißen Stahlschränke zusteuert, setze ich mich in Andis weißen Ledersessel hinter dem kühn geschwungenen Glasschreibtisch, den ich aus einer italienischen Kollektion für ihn bestellt habe. Ich sehe, wie Doro eine Zahlenkombination in das Schloss eingibt, hier gibt es offensichtlich keine Schlüssel, sondern nur Codes.

Während Doro die Akten in ihr Büro trägt, lehne ich mich in Andis Stuhl zurück. Ich liebe diesen Raum mit dem riesigen Fenster hinter mir, er wirkt leicht und lichtdurchflutet. Auf seinem Tisch stehen zwei große Desktop-Computer. Links steht der Datev-Computer, das weiß ich noch. Unsere privaten Finanzen wird er wahrscheinlich mit dem anderen Computer und dem Laptop verwalten, den er ab und an mit nach Hause gebracht und auch mit in den Urlaub genommen hat. Aber wo ist der Laptop? Mir wird heiß. Am Donnerstag, unserem letzten gemeinsamen Abend, hat er den Laptop nicht bei sich gehabt. Ich öffne die Stahlschublade unter dem Glastisch. Gott sei Dank, der angebissene Apfel lächelt mich an.

Ich werde sein MacBook einfach mitnehmen, das ist einfacher, als hier nach dem richtigen Passwort zu suchen. „Doro“, sage ich erleichtert, „sein Laptop ist hier. Ich werde den nach Hause mitnehmen.“

„Ist das nun ein gutes oder ein schlechtes Zeichen?“, fragt mich seine treue Mitarbeiterin.

Ich weiß nicht, was ich darauf antworten soll. Sie hat recht. Andi würde niemals ohne seinen Computer verschwinden. Findet man allerdings, dass es keine andere Entschuldigung für sein Verschwinden als seinen Tod gibt, ist es ein schlechtes Zeichen. Ich schaue Doro hilflos an und sage: „Ich weiß einfach nicht, was ich denken soll.“

„Ich hole dir eine große Tasche“, sagt Dorothee und lässt mich ein paar Minuten allein. Es ist, als ob Andi gerade zur Tür rausgegangen ist. Er hat seinen Schreibtisch wieder genauso zugemüllt wie sein altes Kramladenbüro.

Andi hat die Angewohnheit, immer rechts und links neben sich Dinge ordentlich aufzubauen, die er für unentbehrlich hält. Zuckerfreie Hustenbonbons mit Zitronenmelisse, Papiertaschentücher, eine Riesenflasche mit amerikanischem Aspirin, Lupe, Notizblock, Brillenputztücher, eine gelbe Hantel, Flaschenöffner, Armbanduhr – Dinge, die ich sofort in einer Schublade verschwinden lassen würde. Wo auch immer Andi sich hinsetzt, man sieht sofort, dass es sein Platz ist. Er richtet sich überall ein, am Esstisch, im Restaurant, vor dem Fernseher. Jetzt, wo Andi nicht da ist, rührt mich diese Angewohnheit zu Tränen, dabei war sie oft der Anlass für Krach.

„Du bist doch kein kleiner Junge mehr, der in jeder Hosentasche ein Wildnis-Überlebensset mit sich rumschleppt."

„Doch!", hat er darauf geantwortet.

„Ich dachte, ich hätte einen Mann geheiratet und keinen kleinen Jungen", habe ich gesagt.

Daraufhin hat Andi gelächelt. Und geschwiegen. Er wusste, wann es besser war zu schweigen.

Doro kommt mit einer großen Plastiktasche von Lidl zurück und packt mehrere Ordner hinein. „Kommst du mit in mein Büro, dann gehen wir die Ordner und die Steuererklärung durch?", sagt sie. „Und hier ist der Ordner mit den Autounterlagen."

„Sehr gut, danke."

Als ich zwei Stunden später die Kanzlei verlasse, schwirrt mir der Kopf. Ich habe eine Liste von sieben Konten, auf denen wir gemeinsam Geld angelegt haben. Dazu mehrere Versicherungspolicen, wir haben auf uns gegenseitig sehr hohe Lebensversicherungen abgeschlossen. Dazu gibt es Rentenfonds und dann ein ansehnliches Aktiendepot. Außerdem ein Mietkonto, wo die Einnahmen unserer vermieteten Eigentumswohnung eingehen. Andi hat das Vermögen, das ich von meinem Vater geerbt, und das Geld, das wir nicht verbrauchen, breit gestreut und laut Doro sehr klug angelegt, „auch wenn die Tagesgeldkonten im Moment keine Zinsen bringen."

„An deiner Stelle würde ich mir vorrangig die Tagesgeldkonten ansehen", hat Doro mir empfohlen. „Alle anderen Anlagen sind langfristig. Wenn jemand kurzfristig an Geld herankommen will, dann ohne großen Verlust nur über das Tagesgeld."

Das leuchtet sogar mir ein. Ein Besuch bei den Banken steht an. Aber erst einmal fahre ich in die Alemannenstraße und zeige meine Kfz-Zulassung vor.

„Reine Formsache", sagt der Polizist, der gestern die Diebstahlsanzeige aufgenommen hat, „die Fahndung läuft schon. An Ihrer Stelle würde ich auch der Versicherung den Diebstahl melden. Falls jemand einen Unfall mit Ihrem Fahrzeug baut, müssen Sie nicht haften."

Das werde ich natürlich nicht tun.

Bankgeheimnisse

Ich zögere nicht. Wozu auch. Je schneller ich mir einen Überblick verschaffe, desto besser. Die Berliner Sparkasse liegt auf meinem Weg, ich finde sogar einen freien Parkplatz vor der Tür. Beim Einparken lege ich mir ein Sprüchlein zurecht. Es ist voll, ich stehe an einem kleinen Tresen als Dritte an. Nervös trete ich von einem Bein aufs andere, mir ist die ganze Sache einfach nur peinlich. Nachdem ich mir gefühlt eine Stunde die Füße in den Bauch gestanden habe, erbarmt sich die Mitarbeiterin, mich zu empfangen. Wenn die Frau, die mir zu meinen Kontounterlagen verhelfen soll, irgendwie erstaunt sein sollte, dass ich außer der Kontonummer und meinem Ausweis nichts vorweisen kann, so lässt sie es mich jedenfalls nicht spüren.

„Sie können mit Ihrer PIN-Nummer doch ganz einfach auf alle Ihre Konten zugreifen."

Verdammt, früher, da hatte man eine Bankberaterin, die einen mit Namen kannte, eine, die dir zum Geburtstag Karten schrieb und dich anrief, wenn etwas komisch war auf dem Konto.

„Ich habe die PIN-Nummer schlicht und ergreifend verbummelt."

„Dann schauen wir mal“, sagt sie und taucht in die Tiefen ihres Computers ab. „Sie sind ja nur Kontomitinhaber für das Tagesgeldkonto.“

„Ja und?“ Von politisch korrektem Gendern hat die auch noch nie was gehört.

„Hhm. Ich darf Ihnen die PIN-Nummer für die Konten nicht ohne Zustimmung von Andreas Schellhas geben“, sagt sie. „Denn das Referenzkonto ist ein Konto, das nur für Andreas Schellhas geführt wird.“

„Ich will auch keine PIN-Nummer für alle Konten, sondern nur für das Konto, das ich zusammen mit meinem Ehemann hier habe.“

„Ja, aber das ist doch die gleiche.“

„Und wie komme ich jetzt an das Konto heran?“

„Fragen Sie doch einfach Ihren Mann?“, schlägt sie vor. Dumme Kuh. Ich räuspere mich und hoffe, so meiner Stimme einen seriösen Klang zu verleihen. „Könnte ich bitte einen aktuellen Kontoauszug von dem Tagesgeldkonto haben?“

„Selbstverständlich, das kostet allerdings fünf Euro.“

„Kann ich die in kleinen Raten zahlen, oder muss der Betrag bar beglichen werden?“ Das konnte ich mir jetzt nicht verkneifen.

„Wie bitte?“

Ich knalle einen Fünfeuroschein auf den Tresen.

„Moment“, sagt die Frau, die sich Kundenberaterin nennt, und drückt ein paar Tasten. Dann geht sie nach hinten und wartet vor einem Drucker, wahrscheinlich um einer weiteren Konversation mit mir zu entgehen.

Meine Hände sind feucht, ich bin so aufgeregt wie bei der Beantragung meines ersten Sparkontos, das meine Mutter mir eingerichtet hatte, als ich ein kleines Mädchen war. Als die Frau mit dem Ausdruck zurückkommt, wische ich sie mir unauffällig an meinen Jeans ab.

„Bitte schön“, sagt sie und legt das Papier auf den Tresen. Ich hole einmal tief Luft und schaue darauf. Puh, meine Knie sind schon ganz weich. Wenn ich mich recht entsinne, dann steht da als Saldo fast genau der Betrag, den Andi für mich dort geparkt hat. Vielleicht ein paar Euro weniger, schließlich holt sich die Bank jeden Monat Parkgebühren.

„Und wenn ich jetzt etwas von diesem Konto auf ein anderes überweisen will?“, frage ich.

„Dann müssen Sie das Geld zurück auf das Referenzkonto transferieren.“

„Das, wenn ich Sie richtig verstanden habe, auf den Namen meines Mannes geführt wird?“

„Ja. Das ist ein reines Online-Konto.“

„Ich schreie gleich!“

„Dafür kann ich auch nichts“, sagt die Bankberaterin. Obwohl, ist sie wirklich noch eine Beraterin?

„Und wenn ich das Konto kündigen will?“

„Das steht Ihnen frei, aber das können Sie nur gemeinsam mit dem anderen Kontoinhaber.“

„Aber mein Mann ist spurlos verschwunden.“ Ich bin tatsächlich laut geworden, denn eine Kollegin meiner Beraterin schaut erstaunt hoch.

„Das tut mir leid, aber ich kann Ihnen da auch nicht helfen.“

„Danke", sage ich, „danke vielmals!" Mit wütend geblähten Nüstern verlasse ich die Bank. Schade, dass die eine automatische Tür haben, ich würde jetzt gern eine richtig schöne, altmodische Holztür hinter mir ins Schloss werfen. Ich brauche diese verdammten Passwörter.

Das Auto

„Wir haben Ihr Auto gefunden!"

„Was?", schreie ich ins Telefon. „Wo?"

„Auf dem Parkplatz vom Beetzsee Center", sagt der Mann, von dem ich vermute, dass er ein Mitglied der Berliner Polizei ist.

„Wo ist das denn?"

„In Brandenburg", sagt der Polizist.

„Brandenburg ist groß."

„Nee", sagt der Mann, „die Stadt Brandenburg, Brandenburg an der Havel."

„Wie zum Teufel … Und mein Mann?", frage ich atemlos.

„Kein Mann, nur ein einsames, abgestelltes Auto."

„Dann muss mein Mann doch in der Nähe sein!", sage ich. Nein, ich schreie.

„Das glauben wir nicht, der Wagen steht seit mehr als vierundzwanzig Stunden auf dem Parkplatz."

„Oh Gott, ist ihm was passiert? Haben Sie es in den Brandenburger Krankenhäusern versucht?"

„Frau Schellhas, Sie haben Ihr Auto als gestohlen gemeldet. Und wir melden Ihnen, wo Sie Ihr Auto abholen können."

„Und wie zum Teufel soll ich jetzt dahinkommen?“

„Das ist Ihr Problem.“

„Gibt es bei der Polizei in Brandenburg eine Meldung über einen Unfall oder Ähnliches?“

„Nicht, dass ich wüsste.“

„Das heißt, Sie haben nicht nachgefragt?“

„Ihr Mann ist zur Fahndung ausgeschrieben“, sagt der Polizist. Was auch immer das heißen mag. Ich vermute, dass so eine Fahndung nicht gerade auf Hochtouren läuft, vor allem jetzt nicht mehr, wo der gestohlene Gegenstand aufgefunden wurde. Ich frage den Mann geradeheraus.

„Das könnte man so ausdrücken“, sagt er. Was er nicht sagt, ist: Wir haben Besseres zu tun, als frustrierte Ehemänner zu jagen. Aber ich höre ihn genau das denken.

„Danke“, sage ich, „danke vielmals.“

Ich werfe mich in meinen Denkersessel in unserem rundum verglasten Erker und mache das, wozu der Sessel einmal angeschafft wurde: Ich denke nach. Wie komme ich nach Brandenburg? Denn ich muss mein Auto zurück nach Berlin fahren. Gibt es eigentlich keine Überwachungskameras auf dem Parkplatz? In den Filmen im Fernsehen gibt es überall Überwachungskameras. Ob die Polizei das gecheckt hat? Wahrscheinlich. Was soll ich jetzt tun? Andi war offensichtlich in Brandenburg.

Wie viele Krankenhäuser gibt es dort? Wie groß ist Brandenburg überhaupt? Mein iPad liegt griffbereit auf dem Tischchen neben meinem Denkersessel. Google sei Dank erfahre ich, dass die Stadt an der Havel über siebzigtausend Einwohner hat und am Beetzsee liegt. Daher der

Name des Einkaufscenters. Drei Krankenhäuser werden mir angezeigt, und ich greife zum Telefon.

Einen Patienten Schellhas hat es in Brandenburg jedenfalls nicht gegeben. Wo könnte mein Mann geblieben sein? Der fällt doch nicht irgendwo in einen Schacht wie eine junge Katze! Ina! Ich muss Ina fragen, ob sie mich dorthin bringen kann.

Meine Freundin ist kurz angebunden. „Ich mache heute um fünf Feierabend, dann komme ich vorbei."

Ich gebe das Beetzsee Center in das Navi von meinem Handy ein, das mir meldet, dass man siebenundfünfzig Minuten von Tür zu Tür braucht. Das ist heute noch zu schaffen, falls Ina heute Abend nichts Besseres vorhat. Bis dahin versuche ich mich als Passwortknacker.

Passwörter

Ich brauche nicht mehr als Andis Generalpasswort, um seinen Computer zu entsperren, alle anderen dürften in seinem Schlüsselbund gespeichert sein. Wie ich meinen ordentlichen Mann kenne, hat der dieses Passwort auch nirgends aufgeschrieben. Ich liebe meinen Mann, aber besonders kreativ ist er nicht. Deshalb traue ich ihm zu, dass er ein gängiges Passwort genommen hat, damit er es auch wirklich nicht vergisst. Sein Geburtsdatum? Ganz so primär ist er nun auch wieder nicht. Das Geburtsdatum seiner Mutter oder das seines Vaters? Ich schaue in meinem Kalender nach den Daten – seine Mutter ist am 8. April 1953 geboren – und gebe sie in verschiedenen Varianten ein. 0804 oder 8453 oder 8419. Nichts. Das Gleiche mit dem Geburtsdatum seines Vaters und mit meinem Geburtsdatum. Mit seinem eigenen. Keine dieser Varianten stimmt. Was könnte er noch genommen haben? Ich habe mal gelesen, die häufigsten Codenummern seien 0815 und 4711. Aber auch da tut sich nichts. Andi hat nie ein Haustier gehabt, also fällt der Name seiner ersten Katze genauso weg wie der seines Lieblingshundes. Vorname der Mutter? Auch nicht. Zweiter Vorname des Vaters? Grunewald, der

Ort, an dem wir uns das erste Mal geküsst haben? Alte-Liebe? Auch nicht. Verdammt.

Und dann habe ich vermutlich einen genialen Geistesblitz: Wir haben uns darüber unterhalten, wie wir unsere Kinder nennen würden. Andis Wunschname für seinen Sohn war Konstantin.

„Und wenn es ein Mädchen wird?"

„Ich will kein Mädchen, Mädchen sind doof", hat er gesagt, und ich habe ihm dafür lachend einen Kirschkern an den Kopf gespuckt. Ich gebe „Konstantin" ein. Das kleine Rädchen dreht sich, und dann – ja!

Ich bin drin! Konstantin. Der Schreibtisch seines Computers sieht viel ordentlicher aus als sein richtiger Schreibtisch. Keine Kruschtecke. Zwei Ordner vor dem Sonnenuntergang von Sylt, den er im vorletzten Jahr fotografiert hat, einer beschriftet mit „Officeakt", einer mit „Privatakt". Na also. Ich öffne den privaten Ordner, das Office interessiert mich nun wirklich nicht. Auf den ersten Blick sehe ich, was „akt" heißt. Nicht etwa Akten, sondern aktuell. Denn in dem Ordner ist kein Dokument, das älter ist als drei Wochen. Rechnungen von Vodafone und 1&1, Schreiben unseres Vermieters wegen Erhöhung der Betriebskosten von letzter Woche, zwei Rechnungen von Amazon. Das aktuelle Privatleben meines Mannes scheint aus Rechnungen zu bestehen. Über den Finder gehe ich in seine Dokumente, die ebenfalls nach Office und Privat sortiert sind. Mich interessieren allerdings weniger die Rechnungen als die Tagesgeldkonten, auf denen Andreas einen Teil meines Erbes geparkt hat. Auf zum Schlüsselbund. Ich habe die Liste der Banken neben mir liegen, auf denen wir solche Konten haben. In das Suchfeld gebe ich „Commerzbank“ ein, und schon erscheint das Passwort. Was für eine tolle Erfindung!

Und so grase ich Bank für Bank ab. Es ist keine Kontobewegung in den letzten Monaten auf den Tagesgeldkonten zu verzeichnen. Und wenn ich schon mal dabei bin, schaue ich mir auch die privaten Konten meines Liebsten an. Nichts Ungewöhnliches sticht mir ins Auge, keine großen Abhebungen, Überweisungen, Kontoauflösungen. Wenn Andreas wirklich hat verschwinden wollen, dann muss er woanders Geld gebunkert haben, auf seinen normalen Konten gibt es nichts als business as usual. Die letzte Überweisung, die ich ausmachen kann, ist am Donnerstag vergangener Woche getätigt worden.

Und dann tauche ich in die Tiefen von Andis Fotoalben ein. Die meisten Bilder kenne ich, Erinnerungen an schöne Essenseinladungen, fröhliche Wochenenden, Ausflüge und Reisen, die ich regelmäßig in Fotobüchern zusammentrage. Fotos von ihm und seinen Mitarbeitern, Andi und Siggi Arm in Arm, Siggi mit Sektglas, es sind fröhliche Bilder aus einem Steuerbüro, in dem es augenscheinlich ein gutes Arbeitsklima gibt.

Ich betrachte das Gesicht meines Mannes, seine grauen Augen, die mich anlächeln, sein markantes Kinn, auf dem immer ein sanfter, grauer Schatten liegt, die großen Ohren, es ist, als ob ich einen Fremden sähe. Der ist zu gut, um wahr zu sein, hatte mein Vater damals gesagt. Je länger ich auf das Porträt starre, desto mehr verändert sich Andis

Gesichtsausdruck. Das markante Kinn verschwimmt und wird plötzlich weich, das Lächeln verschlagen, die intelligenten Augen erstarren zu Eis. Ich fühle mich wie in einem Horrorfilm, aus dem schönen Gesicht meines Mannes schält sich ganz langsam eine widerliche Fratze.

Ich schüttle mich, möchte schreien, um die Vision zu verdrängen, Gänsehaut macht sich auf meinen Armen breit. Nein, nein, nein. So sieht er nicht aus, was bildest du dir da eigentlich ein? Nico, lass gut sein.

Ich scrolle nach oben, tauche tiefer ein in alte Alben. Im Sekundentakt zappe ich mich durch seine Fotos. Es gibt viele Bilder von den Besuchen seiner Eltern, unzählige Fotos von mir. Ich finde einen Haufen Fotos von Torsten, Inas Exmann, aber kein einziges Foto von Ina. Komisch, denke ich. Mag er Ina nicht? Dabei ist sie wirklich attraktiv mit ihren Katzenaugen und der roten Walle-Walle-Mähne. Du siehst weiße Mäuse, Nico, sage ich mir. Ich gehe auf Andis Startseite und rufe den *Tagesspiegel* auf. Eine Überschrift erregt meine Aufmerksamkeit:

Vermisster 23-Jähriger wurde ermordet

Der 23-jährige Mann, dessen Leiche am Montag in einem Waldstück in Potsdam an der A 115 geborgen wurde, ist offenbar Opfer eines Gewaltverbrechens geworden. Der Parkplatz Am Stern, auf dem man sein Auto gefunden hat, gilt als Treffpunkt für Homosexuelle. Möglicherweise begegnete das Opfer hier dem späteren Täter.

Da die Leiche des alleinstehenden und seit Mai vermissten Mannes stark verwest ist, konnte die genaue Todesursache bei einer ersten Obduktion nicht festgestellt werden. Jetzt ermittelt die Mordkommission wegen des Verdachts auf Raubmord. Für Hinweise, die zur Ergreifung des Täters oder zur Aufklärung der Tat führen, hat die Kriminalpolizei eine Belohnung in Höhe von 5000 Euro ausgesetzt.

Der getötete 23-Jährige wurde zuletzt am Montag, den 18. Mai, von seinem Bruder gesehen. Knapp vier Wochen später ist er schließlich als vermisst gemeldet worden. Am 7. Juli fand die Polizei seinen schwarzen Golf VII mit dem Kennzeichen P-SH 279 auf dem Parkplatz Am Stern / Parforceheide an der A 110.

Der Parkplatz gilt als Treff für Homosexuelle. Auch der getötete Mann war homosexuell. Er soll sich in den letzten Jahren immer wieder auf dem Parkplatz aufgehalten haben. Möglicherweise traf er dort den späteren Täter und ging mit ihm in das angrenzende Waldstück.

Die Leiche des 23-Jährigen war, als sie von Waldarbeitern gefunden wurde, vollständig bekleidet. Die Wohnungsschlüssel, das Portemonnaie sowie das Handy des Opfers fanden die Polizei bislang nicht. Wie es hieß, sei die Wohnung des Mannes nach jetzigem Stand nicht von dem mutmaßlichen Täter durchsucht worden. Die Suche nach DNA-Spuren sei aber noch nicht abgeschlossen, sagte der Leiter der Brandenburger Mordkommission. Es kann nicht ausgeschlossen werden, dass der 23-Jährige dem bis heute unbekannten Serientäter zum Opfer gefallen ist, dem in den vergangenen Jahren mehrere Morde an Homosexuellen-Treffpunkten zur Last gelegt werden. Alle Hinweise zu der Tat werden von der Polizei diskret behandelt.

Also schon wieder ein Opfer des Parkplatzmörders. Ich entsinne mich, dass wir vor einiger Zeit über den Homomörder gesprochen haben. „Armer Kerl", hat Andi gesagt, als wir im Fernsehen einen Bericht über die Parkplatzmorde gesehen haben. „Der war wahrscheinlich richtig heiß, als er kaltgemacht wurde."

Ich weiß noch, dass ich ihn erstaunt angeschaut habe, Andi neigt sonst nicht zum Zynismus. „Ich frage mich, was einen Menschen dazu treibt, seinen Sexpartner abzumurksen", habe ich zu ihm gesagt.

„Ach, Tiere tun das auch. Denk doch mal an die Gottesanbeterin oder an die Schwarze Witwe."

„Sexkannibalismus. Aber das ist doch was anderes, die essen den Partner schließlich nach dem Sex auf."

„Manche fressen ihren Partner auch schon vorher auf, um den Sex zu verhindern", entgegnete Andi.

„Aber sie verspeisen auf jeden Fall ihren Partner, oder zumindest Teile davon. Der Homomörder macht seine Partner einfach nur kalt. Was hat er davon?"

„Vielleicht zur Strafe, wenn der Kerl ein lausiger Liebhaber war."

„Na, so richtig toll kann das auf einem Parkplatz sowieso nicht sein", habe ich gesagt.

„Hast du es schon mal versucht? So mitten im Wald, mit einem wildfremden Mann, ganz anonym?“

„Ja. Mitten im Wald, mit einem wildfremden Mann. Damals jedenfalls, ein Jahr später haben wir geheiratet, wenn ich mich recht entsinne.“

„Siehste“, hat Andi geantwortet und gelacht.

Im Shopping-Center

Was würde ich nur ohne Ina tun? Wie es sich für eine Busenfreundin gehört, bringt sie mich nach Brandenburg auf den Parkplatz des Shopping-Centers. Der ist um diese Abendstunde immer noch rappelvoll, wir müssen dreimal cruisen, bevor wir meinen Hyundai entdeckt haben. Das ist das Problem mit Autos, die so unauffällig sind wie eine getigerte Hauskatze – egal, welche Marke, die sehen alle gleich aus. Aber zum Schluss werden wir doch fündig.

Ina parkt zwei Buchten weiter. Erst mal den Wagen inspizieren.

„Hast du Angst?", fragt Ina.

„Wovor?"

„Ich glaube, ich hätte Angst, in den Kofferraum zu gucken."

Auf der Fahrt haben wir spekuliert, was Andi nach Brandenburg geführt hat. Was hat er hier auf dem Gelände gesucht? Natürlich habe ich in seiner Kanzlei angerufen und gefragt, ob er am Freitag einen Termin in Brandenburg hatte.

„Wir haben keine Mandanten in Brandenburg an der Havel, und meines Wissens besitzt auch keiner von unseren Mandanten ein Grundstück oder ein Geschäft dort. Nein, Nicole, tut mir leid, damit kann ich nicht dienen."

Wir umrunden dreimal das Fahrzeug, aber es sind keinerlei Spuren von einem Unfall oder einer Kollision zu erkennen. Als ich die Tür mit meinem Ersatzschlüssel aufschließe, sieht Ina, dass mir die Hände zittern. „Du hast ja doch Schiss!"

„Psst!" Man muss das Offensichtliche ja nicht noch aussprechen.

Im Wageninneren herrscht gähnende Leere. Ein sanfter Hauch von Vanille liegt in der Luft, ob von dem gelben Tannenbaum, den ich vor Monaten als Lufterfrischer gekauft habe, oder von meinem Lieblingsparfüm „Angel" vermag ich nicht zu sagen. Die Sitze sind sauber, und auch sonst liegt nirgendwo ein Papier oder ein Stäubchen herum. Im Kofferraum finde ich außer dem Erste-Hilfe-Kasten nur eine Kiste mit leeren Fanta-Flaschen, die ich noch wegbringen muss. Ich habe den Wagen, bevor ich ihn Andi geliehen habe, durch Cosy-Wash gejagt und anschließend gesaugt und aufgeräumt.

Im Umgang mit unseren Autos sind Andi und ich das krasse Gegenteil von zu Hause: Während es in Andis Volvo immer aussieht, als ob er ihn mit der Pinzette säubern würde, ist mein Auto normalerweise eine rollende Müllhalde. Für mich ist ein Wagen eine Einkaufstüte und ein Transportmittel von A nach B, jegliche erotische Beziehung zu einem Auto geht mir im Gegensatz zu Andi völlig ab.

Wir holen uns bei Real eine Wurst, die ich aber nur halb essen kann, der Rest landet im Papierkorb am Eingang.

„Wenn du so weitermachst, brauchst du bald Kinderklamotten“, mahnt mich meine beste Freundin.

„Mir ist der Magen wie zugeschnürt“, sage ich. Und dann fahren wir im Konvoi wieder zurück nach Berlin, Ina will nach Hause, sie muss am nächsten Tag früh raus.

Und wieder eine Nacht ohne meinen Mann.

Das Smartphone

Am nächsten Morgen erhalte ich wieder einen Anruf von der Polizei. „Wir haben das Handy Ihres Mannes geortet", sagt der Polizist.

„Wo, wo, wo haben Sie ihn gefunden?", belle ich.

„Landkreis Oder-Spree."

„Wo ist das denn?"

„Im Osten von Brandenburg. In der Nähe der Autobahn nach Frankfurt/Oder. Sie kennen sicher Bad Saarow. Da in der Gegend."

„Ach so." Ich entsinne mich an den hübschen Ort mit dem großen See, den wir öfter am Wochenende besucht haben. „Er lebt also, geht es ihm gut?"

„Das wissen wir nicht, er geht jedenfalls nicht ans Telefon. Vielleicht finden wir bald sein Handy."

„Gibt es eine Chance, dass sie das Ding so genau orten können?"

„Das wollen wir mal hoffen. Wir haben ihm eine SMS geschickt", erklärt mir der Polizist.

„Meinen Sie, das nützt was, wenn er nicht ans Telefon geht, wird er doch wohl kaum auf eine SMS antworten können."

„Es gibt heute die Möglichkeit, eine stille SMS zu schicken, von der der Telefonteilnehmer nichts weiß. So können wir sehr genau den Standort des Telefons orten und zum Beispiel verirrte Personen finden."

„Danke, dass Sie mich informiert haben. Sie melden sich doch ganz schnell, wenn Sie etwas wissen, bitte, bitte."

„Selbstverständlich."

Ich habe den Eindruck, sie haben inzwischen verstanden, dass ich mir ernsthaft Sorgen mache, meinem Mann könnte etwas zugestoßen sein. Mir zittern die Hände, als ich auflege. Mir ist schon wieder schlecht. Um mich von der Übelkeit abzulenken, übermittle ich die frohe Kunde an meine Mutter, die gerade im Martin-Luther-King-Park ihre morgendliche Joggingrunde dreht.

„Ich habe auch mein Auto wieder." Ich berichte von der abendlichen Fahrt nach Brandenburg.

Ich höre, wie sie stehen bleibt und nach Luft schnappt. „Er ist also umgestiegen in einen anderen Wagen", schlussfolgert sie.

„Daran habe ich auch schon gedacht", gebe ich kleinlaut zu. Es scheint viel für die Theorie meiner Mutter zu sprechen, dass ich meinen Mann verjagt habe. „Zumindest hat er weder meine noch unsere Konten leergeräumt."

„Seit wann bist du so materiell eingestellt?", fragt sie. Ihr muss in Sekundenschnelle klar geworden sein, dass ich die Konten gecheckt habe, ein Verhalten, das so wenig zu mir passt wie eine Schleifchenbluse.

„Mama, man muss an alles denken. Du, mir ist so schlecht, ich lege jetzt auf."

„Bist du schwanger?"

Der Satz scheint in der Leitung zu kleben.

„Nicole?“

Was soll ich darauf sagen? Tausend Gedanken verursachen ein Blitzlichtgewitter in meinem Kopf. Ich knalle das Smartphone auf den Tisch und renne ins Bad. Keine Sekunde zu früh.

Danach lehne ich mit dem Kopf an der Kloschüssel. Der Schweiß und die Tränen rinnen mir unkontrolliert über die Wangen. Ich bin so müde. So unendlich müde. Kann denn niemand kommen und mich aufheben und ins Bett bringen? Nur ein wenig schlafen. Ich will einfach nur meine Ruhe haben.

Widerwillig rapple ich mich auf, reiße mir den durchgeschwitzten Schlafanzug vom Leib und stelle mich unter die Dusche. Das warme Wasser beruhigt mich ein wenig, es vertreibt den üblen Geruch, der an allem zu hängen scheint, was ich in den letzten Tagen angefasst habe. Ich weiß jetzt, denke ich, woher der Ausdruck „das stinkt mir“ kommt. Seitdem Andi verschwunden ist, stinkt die ganze Welt zum Himmel.

Schwanger. Ich habe so lange versucht, schwanger zu werden. Ich wollte unbedingt ein Kind haben, Andi eigentlich auch. „Aber erst mal leben“, hat er immer gesagt. Am Anfang habe ich ihm zugestimmt. Was man so tut, wenn man jung und verliebt ist. Später, später, später. Aber man heiratet schließlich nicht nur den Mann fürs Leben, sondern eben auch den potentiellen Vater seiner Kinder. Wobei mir ein Kind schon gereicht hätte.

„Ach nö, noch nicht jetzt, später Prinzessin!“, pflegte Andi zu sagen, wenn ich drängelte. Ich habe dann vor drei

Jahren einfach die Pille abgesetzt, weil ich das Später nicht mehr hören konnte. Diskussionen mit Andi waren zwecklos. Man kann einen Pudding nicht an die Wand nageln. Andi war einverstanden. „Na gut, wenn du unbedingt willst", hat er gesagt. Aber es passierte – nichts. Gar nichts.

Ich kann diesen Quatsch von der tickenden biologischen Uhr nicht mehr hören, obwohl die bei mir so laut tickte, dass ich bei dem Geräusch kaum noch schlafen konnte. Ein Besuch bei meinem Gynäkologen brachte mich an den Rand der Panik: Die Vorboten der Wechseljahre machten sich bereits bemerkbar, die hormonelle Umstellung hatte begonnen, und mein Monatszyklus war in etwa so zuverlässig wie die Deutsche Bahn. Ich schaffte mir einen Fruchtbarkeitsrechner an. Aber Andi war so gut wie nie zur Stelle, wenn es hätte ernst werden können.

Vor einem Jahr habe ich ihm die Pistole auf die Brust gesetzt und ihn zu einem Fruchtbarkeitstest geschickt, den ich bereits vorher absolviert hatte.

„Es gibt nichts, was Ihrem Kinderwunsch entgegenstände", hat der Gynäkologe gesagt.

„Ich kann keinen Sex nach Kalender und Uhr haben, da vergeht mir alles!", hat Andi gesagt.

„Dann hol dir eben einen runter, wenn du Lust und Zeit hast, dann befruchten wir halt künstlich, verdammt noch mal!"

Ich glaube, es war das erste Mal in unserer Ehe, dass ich ihn angeschrien habe. Danach setzte nicht nur in unserem Schlafzimmer eine kleine Eiszeit ein.

Rauen

„Wir haben das Smartphone Ihres Mannes gefunden.“

„Mit oder ohne Mann?“, frage ich und halte die Luft an.

„Ohne Mann. Er hat es weggeworfen. Oder verloren.“

„Wo genau?“

„In Rauen. Das ist ein kleiner Ort an der Autobahn Richtung Frankfurt/Oder.“

„Und wo da genau? In einem Haus?“

„In einem Gebüsch.“

„Also weggeworfen, was sollte mein Mann in einem Gebüsch.“

„Vielleicht musste er mal, das soll es nicht so selten geben.“

„Okay. Danke. Das heißt, Sie haben meinen Mann nicht gefunden.“

„Das heißt es.“

„Und jetzt gibt es sozusagen keinen Ansatz mehr, wie man weitersuchen könnte.“

„Ich empfehle Ihnen, seine Kreditkartenabrechnungen zu verfolgen, falls Sie dazu Zugang haben. Kontenbewegungen. Mehr fällt mir auch nicht ein. Wenn Ihr Mann nicht zufällig bei einer Polizeikontrolle erwischt wird, sehe ich wenig Chancen.“

„Aber die Vermisstenmeldung bleibt bestehen?"

„Sie haben eine Diebstahlsanzeige aufgegeben, keine Vermisstenmeldung."

„Äh, ich dachte, ich hätte beides …"

„Hat man Ihnen nicht erklärt, dass Vermisstenmeldungen nur verfolgt werden bei Kindern und hilflosen Personen, die unter Vormundschaft stehen?"

„Ja, deshalb habe ich ja eine Diebstahlsanzeige aufgegeben."

„Eben."

„Okay", sage ich. „Danke."

Ich muss nachdenken. Was ist jetzt zu tun? Was kann ich tun? Nichts. Abwarten. Ich werde seine Mutter anrufen. Ich kann keine Rücksicht mehr nehmen. Unsere gemeinsamen Freunde informieren. Bis jetzt wissen nur Ina und Andis Mitarbeiter, dass er seit Freitag nicht nach Hause gekommen ist.

Ich wähle die Nummer seiner Eltern in Wunstorf. Jemand hebt bereits beim ersten Klingeln ab, es poltert, dann ist das Telefon tot. Oh je, das war bestimmt Werner. Ich wähle die Nummer erneut, das Besetztzeichen erklingt. Also warte ich eine Weile und hoffe, dass er nicht vergisst, das Telefon wieder aufzulegen.

Ich schicke eine WhatsApp an alle unsere Freunde, mit der Frage, ob jemand etwas von Andi gehört hat, er sei seit Freitag nicht nach Hause gekommen. Da alle um diese Tageszeit arbeiten oder mit Kinderbetreuung beschäftigt sind, hoffe ich, dass ich heute Abend etwas von ihnen höre.

Anschließend rufe ich noch mal bei meinen Schwiegereltern an. Wieder wird nach dem ersten Klingeln abgehoben.

„Wer ist da?“, sagt eine zittrige Stimme.

„Hey, du sitzt wohl direkt neben dem Telefon“, sage ich. „Hier ist deine Schwiegertochter. Nicole.“ Ich bin mir einfach nicht sicher, ob er sich überhaupt noch an mich erinnert.

„Ach, Nicole, ja. Ich trage das Telefon immer bei mir, falls ich mal Hilfe rufen muss“, sagt mein Schwiegervater Werner. Meine Schwiegermutter hat ihn wohl gut erzogen.

„Wie geht es dir denn?“

„Bescheiden“, sagt er. „Aber man wird ja bescheiden.“ Das sind ganz neue Töne von Werner, der sich noch nie über seinen Zustand beklagt hat. „Und ihr lasst auch nichts mehr von euch hören“, sagt er vorwurfsvoll. Das stimmt nicht, Andi telefoniert mindestens einmal in der Woche mit seinen Eltern. Da ist er sehr gewissenhaft. Und in der letzten Woche habe ich mit meiner Schwiegermutter telefoniert.

„Ist Ulrike da?“, frage ich.

„Nein, sie ist einkaufen. Glaube ich. Oder beim Arzt? Habe ich vergessen. Soll ich ihr sagen, dass sie dich anrufen soll?“

„Ja, bitte.“

„Wann kommt ihr denn wieder mal nach Hause?“, fragt er. Dieses Zuhause von Andi ist ein rot geklinkertes Einfamilienhaus in Bokeloh, einem Stadtteil von Wunstorf, wo Werner früher in der Kaserne den großen Zampano gab. Es ist schwer für mich, mir diesen starken, breitschultrigen und sehr bestimmenden Mann als zittriges Häufchen Elend vorzustellen, der kaum in der Lage ist, die richtige Telefontaste zu treffen oder den Hörer ordentlich in der Hand zu halten. Als wir das letzte Mal in Wunstorf waren, musste Ulrike ihrem Mann das Essen zerteilen, weil er nicht mehr in der Lage war, ein Stück Fleisch zu schneiden. Trotzdem hat er sich von oben bis unten mit dem Essen bekleckert. Allein das Zuschauen tut weh. Der armen Ulrike muss es das Herz zerreißen.

„Ich weiß es nicht, Werner, ich kenne die Pläne deines Sohnes nicht."

„Wieso kennst du die nicht, ich dachte, du planst so was für ihn. Das ist die Aufgabe der Frauen, sich um die Familie zu kümmern."

Trotz Parkinson, im Denken ist er immer noch der Alte. Ich verabschiede mich schnell, an diesem Punkt haben wir uns nämlich früher immer gestritten. Ich habe heute keine Nerven für einen Disput über Geschlechterrollen in der Ehe. Natürlich werde ich später noch einmal versuchen, Ulrike zu erreichen, ich bin mir sicher, dass Werner unser Gespräch vergessen hat, bevor ich aufgelegt habe. In solchen Momenten denke ich, wie gut es meine Mutter hatte, sie musste meinen Vater nicht in so einem Zustand pflegen. Obwohl es natürlich ein Segen ist, gemeinsam alt zu werden. Nur scheint das gemeinsame Altwerden ganz anders zu sein, als wir uns das in jungen Jahren so vorstellen. Bei Andis Eltern jedenfalls finde ich das ziemlich brutal.

Ich muss ein wenig arbeiten, eine Kundin von mir drängelt, sie will dringend ein Cover für ihr neues Buch. Noch habe ich keine Idee, was ich ihr für ihren neuen Krimi vorschlagen könnte. Diese Nullachtfünfzehn-Krimicover mit viel Blutrot und Schwarz öden mich langsam an. Es geht mal wieder um ein entführtes Kind, der Standard hier wäre eine verlorene Puppe oder ein auf dem Boden liegendes Bärchen. Also etwas ganz Neues. Ich klicke mich in die Fotodatenbank Shutterstock. Bei einem Foto bleibe ich hängen. Ein dunkles Waldstück mit einer Grube. Ich sehe die Baumstämme vor mir im Dämmerlicht, der modrige Geruch von feuchtem Laub und frisch ausgehobenem Lehm steigt mir in die Nase …

Ich stürze ins Bad und übergebe mich.

Rundruf

Natürlich ruft Ulrike nicht zurück. Am späten Nachmittag versuche ich es selbst noch einmal.

„Hallo, Liebes", begrüßt sie mich. Wir mögen uns, meine Schwiegermutter und ich.

„Ulrike, hast du ein paar Minuten für mich?"

„Für dich doch immer, Liebes, was ist denn?"

„Sitzt du oder arbeitest du, während wir sprechen?" Wie ich Ulrike kenne, schnippelt sie beim Telefonieren Zwiebeln.

„Muss ich mich setzen?", fragt sie. „Ich bin gerade erst nach Hause gekommen, ob du es glaubst oder nicht, ich habe zwei Stunden im Wartezimmer gesessen. Das wird immer schlimmer!"

„Geht es dir nicht gut? Bist du krank?"

„Ach, nur die üblichen Wehwehchen. Du weißt doch, Altwerden ist scheiße."

Früher habe ich darauf immer geantwortet: Jung sterben ist noch beschissener. Das verkneife ich mir heute.

„Ja, setz dich doch einen Moment, bitte."

„Ist was passiert?" Ulrike ist absolut fit in der Birne.

„Hast du etwas von Andi gehört?"

„Was soll ich denn von ihm gehört haben. Bist du etwa schwanger?"

Ich atme tief durch. Bilder stürmen auf mich ein, Gerüche, Geräusche: der Duft von frisch gebrühtem Pfefferminztee, der Geschmack von Datteln, das Schreien der Markthändler, das Hupen der Mopeds, das Plätschern des Springbrunnens – und über allem der Ruf des Muezzins und der rosafarbene Löschblatthimmel. Mittendrin wir, Andi und Nico, Hand in Hand, Arm in Arm, eng umschlungen, glücklich und losgelöst.

Wie in einem Märchen aus Tausendundeiner Nacht haben wir uns gefühlt in diesem aufwendig restaurierten Riad kurz hinter der roten Mauer, die die Altstadt von Marrakesch umschließt. Wir haben uns geliebt wie schon lange nicht mehr, wir verschmolzen auf diesem breiten Diwan, umgeben von goldenen Wänden, schmiedeeisernen Gittern und geschnitzten Ornamenten. Wir haben uns dem Rhythmus dieser Stadt angepasst, frühmorgens beim ersten Ruf des Muezzins bei Sonnenaufgang. Als aus unserem Duett ein Terzett und ein Quintett wurde, als nicht nur die Rufe drängender wurden und das Morgengebet vielstimmig die Hügel der Stadt überzog, da wusste ich es. Ich fühlte das Knistern der Lautsprecher von den Minaretten ganz tief in meinem Bauch, mein ganzer Körper fühlte sich wie elektrisiert.

„Ja", sage ich zu meiner Schwiegermutter. „Ich bin im vierten Monat."

„Ach, das freut mich aber, Liebes. Was für eine wunderbare Nachricht. Schätzchen, ich umarme dich, das ist toll.

Endlich! Herzlichen Glückwunsch!“ Laut ruft sie: „Werner, Werner, hör mal, wir werden Großeltern, Nico ist schwanger! Jetzt kann ich endlich ungestraft Opa zu dir sagen!“

„Ulrike, Andi ist seit Freitag nicht nach Hause gekommen. Und ich weiß nicht, wo er ist.“ Ein Schluchzen dringt mir aus der Kehle. Tränen bahnen sich einen Weg.

„Was heißt das denn? Habt ihr euch gestritten?“

„Nein, das ist es ja. Wir haben uns nicht gestritten, er ist morgens ganz normal zur Arbeit gefahren. Aber dort ist er nicht angekommen. Ich weiß nicht, was ich machen soll, verdammt, ich hatte so gehofft, dass er euch wenigstens Bescheid gesagt hat, wo er hin ist.“ Jetzt heule ich wie ein Kind, das gerade hingefallen ist.

Ulrike sagt kein Wort. Das Schweigen am anderen Ende der Leitung dröhnt in meinen Ohren.

„Seit wann weiß Andi, dass ihr ein Kind bekommt?“, fragt meine Schwiegermutter. Ihre Stimme klingt beherrscht.

„Er weiß es gar nicht“, gestehe ich.

„Waaas? Du hast es ihm nicht sofort gesagt? Nachdem ihr so lange geübt habt? Wieso, was stimmt nicht zwischen euch?“

Was soll ich meiner Schwiegermutter dazu sagen? Wie soll ich in Worte fassen, was mich sprachlos macht?

„Ich wollte ihn damit zu seinem Geburtstag überraschen.“ Sein Geburtstag ist übernächste Woche.

„Nicole, das ist ja furchtbar. Jetzt muss ich mich aber wirklich hinsetzen. Wo könnte er denn hin sein? Ich habe eben gedacht, dass er vielleicht in Panik geraten ist. Weißt du, sein Vater hat auch die Panik gekriegt, als ich mit Andi schwanger war."

Ich muss lächeln. Werner in Panik kann ich mir so gar nicht vorstellen. „Und wie hat sich diese Panik geäußert?"

„Er hat sich volllaufen lassen und ist drei Tage nicht nach Hause gekommen. Versackt bei einer stadtbekannten Hure." Den letzten Satz hat Ulrike geflüstert. Obwohl ich in Tränen schwimme, muss ich lachen. „Und du meinst, sein Sohn macht das Gleiche?"

„Wäre eine Möglichkeit. Bei uns hat er sich jedenfalls nicht gemeldet. Liebes, mach dir erst mal keine Sorgen, so sind sie, die Schellhas-Männer. Der taucht von alleine wieder auf. Da bin ich mir ganz sicher."

„Ich hoffe es", sage ich und berichte ihr, was ich bereits unternommen habe und was wo von der Polizei gefunden wurde.

„Ich würde an deiner Stelle die Pferde erst mal nicht scheu machen. Wieso hast du nicht gleich bei uns angerufen?" Ich höre den Vorwurf in ihrer Stimme.

„Weil ich dich nicht beunruhigen wollte, du hast genug Sorgen mit Werner."

„Aber er ist wenigstens bei mir. Also, bitte denke an das Baby, reg dich nicht zu sehr auf, versprich mir das. Und ruf mich sofort an, wenn du was Neues weißt!"

Ich verspreche das und verabschiede mich. Jetzt sind meine Schwiegereltern die Ersten, die von unserem Baby erfahren haben. Wer hätte das gedacht.

Ich lehne mich zurück in meinem Sessel. Unser Baby. Mein Baby.

„Was ist los mit dir, du siehst so gut aus?“, hat Andi gefragt. Und wirklich, meine Haut war so rein wie noch nie, meine blauen Augen glänzten und mein Pixie-Schnitt saß auch drei Wochen, nachdem meine Friseurin ihn auf Fingernagellänge gekürzt hatte, einfach phantastisch. Was Andi nicht aufgefallen ist, waren meine prallen Brüste, die ich sonst immer viel zu klein fand, was meinen Ehemann aber nie gestört hat. Mir sind sie allerdings aufgefallen. Und so wusste ich bereits, bevor mir mein Gynäkologe gratulierte, mit ziemlicher Sicherheit, dass ich nun endlich schwanger war. Von der morgendlichen Übelkeit bekam Andi nichts mit, da er um diese Zeit entweder arbeiten oder am Wochenende Tennis spielen war.

Versteckte Dateien

Ulrikes Frage treibt mich um. Was stimmte nicht zwischen uns? Nico, ermahne ich mich, zurück in die Gegenwart. Das alles ist Schnee von gestern. Dein Mann ist spurlos verschwunden. Also tu etwas! Suche einen Anhaltspunkt.

Ich nehme mir erneut seinen Laptop vor. Gibt es hier so etwas wie versteckte Dateien, die mir vielleicht einen Hinweis liefern können? Das Passwort kenne ich inzwischen: Konstantin. Der Schreibtisch erscheint. Da ich bisher nur in Privatakt nachgeschaut hatte, öffne ich nun Officeakt. Auch hier nichts als öde aktuelle Rechnungen. In der Fotodatei habe ich nur die Fotos gefunden, zu denen ich sowieso Zugang gehabt habe. Ich muss also tiefer graben.

Ich öffne seine Dokumente: auch hier ordentlich beschriftete Ordner. Urlaub, Eltern, Club, Office, Wohnung, Versicherungen, mehrere Ordner mit Rechnungen, jeweils mit Jahreszahlen, Steuern und Projekte. Ich versuche, systematisch vorzugehen, und öffne Ordner für Ordner. Unter „Urlaub" finde ich all unsere Buchungen, Flugtickets, Mietwagenbestellungen, Hotelarrangements. Ich sehe, dass er für unseren Hochzeitstag ein Hotel in Usedom gebucht hat. Damit wollte er mich wahrscheinlich überraschen.

Bei „Eltern“ finde ich Vorsorgevollmachten, das eingescannte Testament seiner Eltern, die Kaufverträge für das Elternhaus und weitere Unterlagen. Bei „Wohnung“ gibt es einen Unterordner für meine Eigentumswohnung mit dem Kaufvertrag und den Nebenkostenabrechnungen sowie mit der Korrespondenz mit den Mietern. Außerdem gibt es einen Ordner für unsere Mietwohnung. Dort sehe ich den ursprünglichen Mietvertrag und die Betriebs- und Heizkostenabrechnungen und Anpassungen. Die Steuer- und Rechnungsordner erspare ich mir, sonst bekomme ich Schreikrämpfe.

Den Ordner, der mir am ehesten geeignet scheint, habe ich bis zum Schluss aufbewahrt: „Club“. Mal sehen. Ich sehe seinen Mitgliedsvertrag bei den Kängurus, seinem Tennisverein in der Spanischen Allee, die jährlichen Mitgliedsabrechnungen. Wie langweilig.

Ich überlege. Wie verbirgt man Dateien auf einem Mac? Ich habe keine Ahnung, ich habe nichts zu verbergen. Das Mac-Handbuch sagt mir dazu nichts. Also mal über Google versuchen. Und siehe da, ich finde etwas aus der Computerzeitschrift *Chip* unter der Überschrift:

> **Mac OS X-Dateien verstecken – durch die Umbenennung klappt's**

Na also. Geht wohl.

> *Mithilfe des Terminals können Sie das Unmögliche möglich machen. Durch eine bestimmte Formatierung des Namens einer Datei wird diese im Finder*

nicht mehr angezeigt. Starten Sie zunächst das Terminal, indem Sie über die Spotlight-Suche den Begriff [Terminal] eingeben und auf das Symbol mit dem schwarzen Fenster klicken. Nun benötigen Sie den Pfad zum Ordner oder der Datei, die nun versteckt werden soll. Bei Dateien ist es wichtig, den absoluten Pfad anzugeben. Im Beispiel sieht das etwa so aus: [~/Dokumente/Musik] Um nun das Verzeichnis zu verstecken, nutzen Sie den Befehl [mv ~/Dokumente/Musik ~/Dokument/.Musik]. Dem Namen wird ein Punkt vorgesetzt, wodurch das Verzeichnis nicht mehr im Finder angezeigt wird.

Na super. Und woher soll ich wissen, wie er einen geheimen Ordner benannt hat? Aber Google hat auch für das Wiederöffnen einer solchen Datei einen Rat aus der *Macwelt*:

Sie müssen nur Folgendes tun: Öffnen Sie den Finder. Gehen Sie zu Ihrem Macintosh-HD-Ordner (Zugriff über Geräte in der linken Spalte). Befehlstaste (⌘) Umschalttaste (⇧) und Punkt (.) Alle versteckten Dateien werden sichtbar.
Befehlstaste (⌘) Umschalttaste (⇧) und Punkt (.) blendet die Dateien auch wieder aus.

Ich folge also dieser Gebrauchsanweisung und finde nur eine /.Punkt-Datei. Sie heißt Dokument/.Office. Ich öffne die Datei und stelle fest, dass es sich dabei um Steuerdokumente von Mandanten handelt. Das ist nicht nur okay, sondern Vorschrift, mein Mann hat sich immer an die Vorschriften gehalten.

Gibt es vielleicht versteckte Fotodateien? Ich versuche es einfach mit dem Mac-Handbuch. Dort steht zum Thema Fotos und „Ausblenden" folgendes:

> *Öffne die Foto-App und gehe zum Tab „Alben". Du kannst ausgewählte Fotos ausblenden und sie nur anzeigen lassen, wenn du sie bearbeiten möchtest.*
> *Klicke in der Seitenleiste der App „Fotos" auf deinem Mac auf „Fotos". Wähle das Foto oder die Fotos aus, wähle „Bild" > „[Anzahl] Fotos ausblenden" und klicke anschließend auf „Fotos ausblenden". Die ausgewählten Fotos werden aus der Ansicht ausgeblendet; sie werden aber nicht gelöscht.*

Ich versuche das auf meinem iPhone, und siehe da, es klappt. Und jetzt kommt das, was ich dringend suche, nämlich, wie man die ausgeblendeten Fotos wieder einblendet:

> *Wähle „Darstellung" > „Ausgeblendetes Fotoalbum einblenden", wenn du die ausgeblendeten Fotos anzeigen möchtest. Das Album „Ausgeblendet" wird in der Seitenleiste angezeigt. Wähle zum Einblenden der darin enthaltenen Fotos „Bild" > „[Anzahl] Fotos einblenden".*

Es wird spannend. Ich gehe auf Andis Laptop in die Foto-App und gebe die Befehle ein, wie sie im Handbuch erklärt werden.

Oh Gott!

Während sich die Fotos auf meinem Computer aufbauen, muss ich mich am Schreibtisch festhalten.

Das ist unglaublich.

Das darf einfach nicht wahr sein!

Das ist … Mir fehlen die Worte.

Ich stürze ins Bad, weil mir die Galle hochkommt.

Danach bleibe ich neben der Toilettenschüssel auf dem Boden hocken und kühle den Kopf am eiskalten Porzellan. Nein, nein, nein, ich will das nicht sehen. Ich will nicht zurück zu meinem Schreibtisch, ich will hier liegen bleiben und mich an meinen Mann erinnern, so wie er war. Für mich da war. Bis vor Kurzem.

Aber irgendwann muss ich aufstehen, muss ich zu seinem Computer, und sei es auch nur, um ihn auszuschalten. Was ich nicht sehe, macht mich nicht fertig. Ich werde dieses Ding ausschalten, zuklappen, Ende.

Mühsam rapple ich mich hoch und schleiche mit laut klopfendem Herzen zu meinem Schreibtisch. Aber mein Vorsatz hält nur die paar Meter vom Bad bis ins Arbeitszimmer. Es ist, als ob ich magisch angezogen werde von diesen bunten Fotos.

Fotos aus unserem Hotelzimmer in Marrakesch. Ich schließe die Augen und vermeine den Ruf des Muezzins zu hören, in der Luft hängt der herbe Geruch von frisch gebrühtem Pfefferminztee. Der Diwan in unserem Zimmer in dem Riad hat einen knallbunten Überwurf. Hier waren wir glücklich, hier haben wir uns geliebt, hier haben wir unser Kind gezeugt.

Das, was mir aus dem Laptop ins Auge sticht, ist aber nicht die bunte Bettdecke. Es ist ein erigierter Penis. Ein Prachtstück von Penis, groß, feucht, einladend, zwischen gespreizten, schwarz behaarten Beinen. Dahinter sieht man den Kopf eines schwarzhaarigen, jungen Mannes. Ein hübscher, sehr junger Mann. Neben dem Diwan stehen Andis Schuhe.

Ich scrolle weiter. Ein Knackarsch reckt sich mir entgegen, ich gehe in die Übersicht.

Es haben sich Hunderte von Fotos aufgebaut, Männerkörper ohne Kopf, Ausschnitte reduziert auf das offensichtlich für Andi Wesentliche. Ich klicke mich immer weiter durch die Fotosammlung. Es ploppen Fotos auf von jungen blonden Männern, göttergleich mit Stahl im Blick und in den Lenden. Erigierte Riesenpenisse zwischen gespreizten Beinen.

Das kann nicht sein, das darf nicht sein. Wenn ich noch etwas im Magen hätte, ich würde es am liebsten hier auf den Tisch kotzen. Was bedeuten diese Fotos? Die Frage ist natürlich rein theoretisch, denn es ist so klar, wie nur etwas klar sein kann. Mein Mann steht auf Männer. Auf schöne Männer.

Diese Fotos sind zu schön, um wahr zu sein, das grenzt bereits an Pornografie. Allerdings stehen diese Fotos in krassem Gegensatz zu vielen anderen Bildern: Fotos von Männern, die so hässlich sind, dass ich sie niemals angeschaut hätte. Oder sind das vielleicht „Findest du meinen Pimmel schön"-Fotos, die er über WhatsApp empfangen hatte?

Ich fühle mich völlig erschlagen. Mein Andi schwul? Wieso habe ich nichts gemerkt? Es kann doch nicht sein, dass ich fünfzehn Jahre mit einem Schwulen verheiratet war und es nicht gemerkt habe. Wieso hat er mich geheiratet, wieso hat er das nicht offen gelebt? Wegen seinem Vater? War unsere ganze Ehe nur ein Bühnenstück, das er für seinen Vater aufgeführt hat? Verdammt, mir ist so schlecht, ich möchte sterben.

Ich überlege. Was soll ich tun? Sie haben den Wagen gefunden, sie haben Andis Handy gefunden. Aber sie haben Andi nicht gefunden. Es wird Zeit für eine Vermisstenanzeige. Eine richtige.

Soll die Polizei erfahren, dass Andi sich für Männer interessiert? Wird das dann an die große Glocke gehängt? Werden alle erfahren, dass Andi sich in Schwulenkreisen herumtreibt? Ein besseres Motiv für sein Verschwinden gibt es doch gar nicht. Aber die Polizei soll ihn suchen, alle sollen wissen, dass ich krank vor Sorge bin.

Ich muss an die frische Luft! Also ziehe ich meine Laufschuhe an und gehe vor die Tür. Geradeaus Krumme Lanke oder links Schlachtensee? Ich entscheide mich für die Krumme Lanke. Die Luft ist feucht und riecht nach Herbst. Seit ich schwanger bin, nehme ich alle Gerüche viel intensiver wahr. Ich setze mich in Trab, einmal rund um den See, das macht hoffentlich den Kopf frei.

Was würde es helfen, wenn die Polizei wüsste, dass

Andi Mitglied der Gay-Community ist? Würden sie ihn an anderen Plätzen suchen? Würden sie ihn überhaupt suchen?

Als ich wieder vor unserem Haus stehe, bin ich zwar außer Atem, aber nicht einen Schritt weiter. Es gibt keinen Vorteil, das zu vermelden. Einen Nachteil sehe ich allerdings auch nicht. Bricht mir ein Zacken aus der Krone, wenn ich zugebe, dass mein Mann bisexuell ist?

Ich bin so hin- und hergerissen, dass es wohl besser wäre, wenn ich das mit jemandem bespreche. Ina. Das ist es, was ich jetzt brauche, eine Freundin mit einem klaren Kopf. Kaum bin ich in unserer Wohnung, ruft Ina auch schon an, wie bestellt.

„Ich brauche dich", sage ich. „Kannst du heute Abend vorbeikommen, ich muss dir was zeigen."

Meine treue Ina. Eigentlich kann sie nicht, sie hat ein Date. „Vergiss es, das kann ich canceln, du bist mir wichtiger!"

Wie gut es tut, für jemand anderen wichtig zu sein. „Danke. Danke, Ina, ich liebe dich!"

Das Warten auf meine Freundin scheint endlos. Immer wieder überlege ich mir, was und wie ich es ihr sagen soll. Ich tigere durch die Wohnung wie ein verletztes Tier und übe Sätze wie „Ina, ich muss dir etwas sagen". Endlich zwinge ich mich an den Schreibtisch, das Krimicover schreit nach kleinen Änderungen.

Als Ina endlich kommt, ist es bereits nach sieben.

„Lass uns Sushis bestellen", sagt sie, „ich habe Hunger wie ein Bär."

„Vorher muss ich dir noch was zeigen", sage ich und knalle ihr Andis Laptop vor die Nase.

„Guck mal, was ich gefunden habe", platze ich heraus. Alle Sätze, die ich tagsüber geübt hatte, scheinen mir in diesem Moment hohl zu klingen.

„Wow", sagt Ina und starrt fasziniert auf den Bildschirm. „Geil! Wo hast du denn diese tollen Bilder her?"

„Das ist Andis Laptop."

Ina sagt nichts, ich sehe, wie ihr der Unterkiefer herunterfällt.

„Habe ich zufällig gefunden. Ich war auf der Suche nach irgendeinem Anhaltspunkt, wo Andi sich aufhalten könnte", schiebe ich hinterher.

„Aber das ist …" Ihr versagt die Stimme. Sie blickt mich über dem Bildschirm gebeugt an. „Willst du damit sagen, dass …"

„Das will ich."

„Das glaube ich nicht. Nicht Andi. Die sind bestimmt aus Versehen auf dem Ding gelandet."

„Nein, es gibt welche, auf denen sieht man, dass Andi dabei war."

„Scheiße."

„Du sagst es!"

„Und du hast nichts geahnt?"

„Nichts. Nie. Nicht im Entferntesten."

„Lass uns Sake zu den Sushis bestellen", sagt sie. „Da hilft nur noch Alk! Mein Weltbild ist gerade zusammengebrochen."

„Ich trinke keinen Alkohol mehr, ich bin schwanger."

Wenn es noch eines weiteren Schlages bedurft hätte, meine Freundin auszuknocken, dann war es die Nachricht von meiner Schwangerschaft.

„Hey, langsam, warte mal, ach du Scheiße! Seit wann weißt du es?“

„Ich war letzte Woche beim Gyn.“

„Also bevor Andi verschwunden ist?“, fragt sie. Ich weiß, was sie mir sagen will, das Gleiche wie meine Schwiegermutter.

„Ich habe Andi noch nichts gesagt.“

„Oh Gott, Schätzchen. Das ist ja furchtbar! Du Arme, anstatt das mit Andi feiern zu können …“

„Ich wollte es ihm an seinem Geburtstag sagen“, erkläre ich ihr.

„Deshalb war dir dauernd schlecht. Und ich habe gedacht, dass … Verdammt, und nun?“

„Genau das frage ich mich. Und nun? Ich muss eine Vermisstenanzeige aufgeben. Die müssen Andi suchen. Und die Frage, die ich mir stelle, ist, muss ich das da“ – ich deute auf den Bildschirm – „der Polizei zeigen, oder soll ich das in den Tiefen meines Herzens vergraben?“

„Puuuh!“ Meine Freundin scheint ratlos. „Sie würden Andi dann in Schwulenkreisen suchen.“

„Würden sie ihn deshalb überhaupt suchen? Ich meine, ist das nicht die Erklärung, warum er weggelaufen ist?“

Ina streicht sich ihre langen, rotblonden Locken aus der Stirn. „Glaubst du, dass er deshalb verschwunden ist?“

„Ich weiß überhaupt nicht, was ich glauben soll, Ina.

Verdammt, wenn ich den Kerl in die Finger kriege, werde ich ihn windelweich schlagen.“ Längst laufen mir die Tränen unkontrolliert herunter.

Ina greift in den Serviettenständer auf dem Tisch und zieht eine Papierserviette heraus. „Hier. Erst mal müssen wir ihn kriegen, dann kannst du über weitere Sanktionen nachdenken.“ Ganz meine pragmatische Freundin.

„Ich bin mir so unsicher, was ich machen soll, Polizei informieren oder nicht?“

„Ist das die einzige Alternative? Du könntest doch eine Vermisstenanzeige aufgeben und ihn selbst in Schwulenkreisen suchen“, schlägt Ina vor.

„Du meinst, ich soll mit einem Bild von ihm durch die Bars ziehen und fragen, ob ihn einer gesehen hat?“

„Wäre doch mal ne Maßnahme. Ich helfe dir, wir gehen zusammen. Zwei Weiber gehen als Paar durch.“

„Und das nicht der Polizei zeigen?“

„Wieso willst du unbedingt etwas mit der Polizei machen? Glaubst du etwa, die suchen Andi?“

„Da gibt es doch diesen Parkplatzmörder. Entsinnst du dich?“, frage ich Ina.

„Was für ein Parkplatzmörder?“

„Na, so einer, der Schwule meuchelt.“

„Keine Ahnung.“

„Kannste googeln.“

Ina greift ihr Smartphone. „Wie nennen sie den?“

„Gib mal homosexuell und Parkplatzmörder ein, damit müsstest du das finden.“

„Wow“, sagt Ina nach einer Weile, „ich habe hier ganz

viele Artikel unter News. Sieh mal hier in den *Potsdamer Neuesten Nachrichten*."

Sie liest vor:

Toter im Lienewitzsee Opfer eines Serientäters?

Neuseddin – Nach dem erneuten Fund einer männlichen Leiche in Brandenburg schließen die Ermittler einen Zusammenhang mit zwei weiteren Morden in Brandenburg nicht aus. Der Tote konnte als der arbeitslose Patrick N. aus Potsdam identifiziert werden. Wie die ballistische Untersuchung ergab, war er mit derselben Waffe erschossen worden wie die beiden anderen Männer. Die Leiche des 42-Jährigen war in der vergangenen Woche von einem Angler im Schilf an einer Badestelle im Lienewitzsee entdeckt worden.

Es ist in diesem Jahr bereits das dritte Opfer, das in der Nähe eines Treffpunkts von Homosexuellen in Brandenburg getötet wurde. Im März war an der Autobahnraststätte Linumer Bruch die Leiche eines 48-Jährigen gefunden worden. Im Juli wurden die bereits skelettierten Überreste eines 23-Jährigen in der Nähe des Rastplatzes Parforceheide / Am Stern in Potsdam gefunden. Alle Opfer starben an Kopfschüssen und waren nur teilweise bekleidet.

„Wir wissen noch nichts über die Identität des Täters. Bisher können wir nicht eindeutig sagen, dass er sich gezielt auf Personen aus dem Homosexuellenmilieu

konzentriert", sagte eine Sprecherin der Polizeidirektion West.
Auffällig sei allerdings, dass die drei Männer mit derselben Waffe getötet wurden, die bereits bei fünf weiteren Morden in den Vorjahren benutzt wurde. Zu den vorangegangenen Tötungsdelikten gebe es jedoch einen Unterschied: Die Opfer wurden in unterschiedlichen Bundesländern in der Nähe von Rastplätzen entlang der großen Autobahnen gefunden, während sich die diesjährigen Taten auf das Gebiet von Brandenburg konzentrierten. „Wir gehen davon aus, dass wir es mit einem Serientäter zu tun haben, aber wir ermitteln natürlich in alle Richtungen", sagte die Polizeisprecherin.

„Oh Mann", sagt Ina. „Du hast also echt Angst, dass er auch ein Opfer des Parkplatzmörders geworden ist."

„Ich weiß nicht, was ich denken soll, ich rase schon den ganzen Tag rum, als ob mir einer in den Hintern gestochen hat. Ina, ich verstehe nicht, ich kapiere einfach nicht, was da vor sich gegangen ist. Ich habe nichts gemerkt. Nichts, nada, niente. Ich bin doch kein naiver Teenager, der mit der rosaroten Brille rumläuft. Wieso habe ich nicht gespürt, dass Andi etwas anderes wollte als mich?"

„Vielleicht wollte er nicht etwas anderes als dich, sondern *auch* etwas anderes", sagt Ina. „Egal, was passiert ist, eins ist sicher: Andi liebt dich."

„Daran zweifle ich mittlerweile stark. Herrgott, ich bin so wütend, ich könnte irgendwas an die Wand pfeffern oder die Tür eintreten. Was denkt er sich eigentlich, einen Kerl mit in unser Bett zu nehmen. In das Bett, in dem wir unser Kind gezeugt haben." Ich breche in Tränen aus. Ob ich ihm das jemals werde vergeben können?

„Was er zu diesem Zeitpunkt aber noch nicht wusste", gibt Ina zu bedenken und reicht mir ein Taschentuch. Gute, liebe, praktische Ina.

„Das ist doch scheißegal, ob er es wusste. Er hat einen Kerl in unser Bett gebracht, und ich habe das noch nicht mal gerochen!", heule ich in das Taschentuch.

„Glaubst du wirklich, dass er das Opfer eines Mordes geworden ist?", fragt Ina, offensichtlich, um mich von dem Gedanken an den marokkanischen Diwan abzulenken.

„Das könnte doch immerhin sein, oder?"

„Hat er sich auf Parkplätzen herumgetrieben?"

„Was weiß ich, wo er sich herumgetrieben hat, für mich war er Tennisspielen. Verdammt, ich will wissen, was passiert ist, ich muss eine Vermisstenanzeige aufgeben."

„Wenn du glaubst, das bringt was. Zumindest schadet es natürlich nichts. Ich würde Andis Bild allerdings eher auf Facebook und Twitter posten und fragen, ob ihn jemand gesehen hat."

„Und du glaubst, dass die dreihundert Menschen, die mit mir befreundet sind, mir dabei helfen können?"

„Die könnten es teilen, und schon potenziert sich das mal drei."

Doch dann kommt mir noch eine Idee: „Ich habe eine geschäftliche Facebook-Seite, auf der ich meine Grafiken zeige, um Kunden zu werben. Darüber könnte ich eine

Anzeige für Facebook, Messenger und Instagram aufgeben."

„Mach das. Unbedingt! Und ich könnte über meinen Twitter-Account ebenfalls nach Andi suchen."

„Das wäre toll! Du weißt, Twitter ist nicht so ganz mein Medium", sage ich.

„Aber das mit den Schwulenbars machen wir auch." Ina scheint fest entschlossen.

Ich lehne mich zurück und denke nach. Was soll das mit den Schwulenbars bringen? Und überhaupt, diese ganze Welt, von der Ina spricht, ist mir unheimlich. Es ist ein unbekannter Planet. Ich sage ihr das genauso.

„Klar ist das eine Welt, die wir nicht kennen. Aber du hast gesagt, du willst Andi verstehen. Das kannst du aber nur, wenn du seinen Planeten betrittst."

„Andi scheint ein Leben außerhalb unserer Ehe gelebt zu haben. Du hast recht: Ich sollte dieses Leben kennenlernen. Vielleicht verstehe ich ihn dann besser. Vielleicht kann ich ihn so zurückholen."

„Was ist mit dem Baby? In welchem Monat bist du?"

„Im vierten", sage ich und lächle in mich hinein. Zu spät, Süße, zu spät, um es abzubrechen.

„Ach, Schätzchen, ich würde mich jetzt so gern für dich freuen, ich weiß, wie lange ihr geübt habt und nichts passiert ist. Komm, lass dich mal drücken!"

Sie nimmt mich liebevoll in den Arm.

„Danke, Ina, das tut gut. Ich hätte das so gern mit dir gefeiert!"

„Verdammt, ist das alles verworren. Das einzig glücklich

verheiratete Paar, das ich kenne, raubt mir nun noch das letzte bisschen Illusion!“

„Ach, Ina, ich will verdammt noch mal meinen alten Andi zurückhaben. Wir müssen ihn suchen, das Kind kann doch nicht ohne seinen Papa aufwachsen. Morgen gehe ich zur Polizei und gebe eine Vermisstenanzeige auf. Und ich mache eine Facebook-Anzeige. Und dann gehen wir ihn da suchen, wo er sich vermutlich herumtreibt. Aber das hängen wir erst mal nicht an die große Glocke. Vielleicht lerne ich, ihn zu verstehen.“

Ina nickt bedächtig. „Ja. Genauso machen wir das. Ich glaube, mir ist der Appetit auf Sushis vergangen. Hast du noch irgendwas Essbares im Haus?“

„Stulle mit Brot?“

„Mir egal, Hauptsache, das flaue Gefühl im Magen kriegt was zu tun.“

Lange Schatten

Die Nächte sind das Schlimmste. Ich liege schlaflos in unserem Ehebett und wälze mich von einer Seite auf die andere. Wenn ich die brennenden Augen schließe, erwacht hinter den Lidern das Grauen. Öffne ich die Augen, fangen die Schatten an der Wand an, mich einzukreisen. Wenn ich dann doch ein wenig einnicke, schrecke ich kurze Zeit später schweißgebadet aus einem Albtraum hoch.

Hier haben wir uns geliebt, das Bett war unsere erste Anschaffung für diese Wohnung. Wir haben viele verregnete Sonntage in diesem Bett verbracht, Arm in Arm, genetflixt und gechillt, eng aneinandergekuschelt.

Andi fehlt mir, ich fühle mich, als hätte man mir ein Bein oder einen Arm amputiert: nicht ganz, nicht vollständig. Die Sehnsucht nach meinem Andi, nach dem Mann, den ich so lange so sehr geliebt habe, fühlt sich an wie eine offene Wunde.

Bilder aus unserer Ehe rauschen an mir vorbei wie ein Film im Zeitraffer. Gemütliche Abende auf der Terrasse mit mehr Wein, als wir vertrugen, nächtelange Diskussionen über Gott und die Welt an unserem Esstisch, Erzählungen aus unserer Kindheit. Gesprächsfetzen ziehen an meinen Ohren vorbei, Siggi, was ist überhaupt mit Siggi? Wusste Siggi von Andis Neigungen? Ich kann ihn ja schlecht fragen.

Wie oft hatte Andi Siggi nachgemacht. Siggis Art zu reden und sich zu bewegen hatte so oft zu unserer Erheiterung beigetragen. Wenn Andi mit Gläsern in der Hand zum Tisch tänzelte und in Siggis Tonfall sagte: „Schätzchen, du siehst vollkommen verdurstet aus. Das steht dir nicht, das gibt Falten."

Ich habe Andis Bettseite frisch bezogen. Seinen Geruch habe ich trotzdem in der Nase. Er hängt in diesem Raum, er hat sich festgesetzt in jeder Ritze unserer Wohnung. Aus unserem Ankleidezimmer schlägt er mir entgegen wie fauler Atem. Ich möchte diesen Geruch abstreifen, abwaschen, entfernen. Mir wird übel von diesem Gestank. Natürlich weiß ich, dass das eine Begleiterscheinung der Schwangerschaft ist. Ich habe seine gesamte schmutzige Wäsche gewaschen, weil mir der Mief aus dem Wäschepuff den Atem geraubt hat.

Morgens fühle ich mich wie durch den Fleischwolf gemüllert. Leider verträgt mein Magen im Moment keinen Kaffee, von dem ich sonst mindestens drei Tassen brauche, bevor ich sozial kompatibel bin. Ich tappe mit einer Tasse Kamillentee und zwei Zwieback-Scheiben mit einem Hauch Butter zu meinem Computer und hoffe, dass mein Magen nicht auch gegen dieses alte Hausmittel rebelliert. Als ich noch ein Kind war, hat das immer gewirkt.

Als Erstes bastele ich mir eine Facebook-Anzeige. Unter der Überschrift „Wer hat Andreas Schellhas gesehen?" erscheint ein Foto von Andreas. Darunter: „Hinweise per PN. Belohnung!“

Da ich zum ersten Mal eine Anzeige bei Facebook aufgebe, dauert es eine Weile, bis ich verstanden habe, wie es funktioniert. Nach zwei Stunden bekomme ich die Nachricht, dass meine Anzeige genehmigt wurde. Mal sehen, was kommt.

Nachdem meine Anzeige geschaltet ist, mache ich mich noch mal auf zum Polizeirevier in der Alemannenstraße. Diesmal bestehe ich auf einer Vermisstenanzeige, auch wenn das nicht viel helfen wird. Als ich wieder zu Hause bin und meine Facebook-Seite checke, traue ich meinen Augen nicht. Ich habe bereits einhundertsiebenundachtzig Kommentare. Und vier persönliche Nachrichten. Schon nach wenigen Kommentaren fange ich an, die Menschen zu hassen. Wie viel Niedertracht doch im Netz unterwegs ist.

Kommentare wie: „Wenn ich den sehe, behalte ich ihn“ oder „Hast du ihn nicht oft genug rangelassen?“, getoppt von „Kannst jetzt auf Handbetrieb umschalten“ machen mir wirklich Angst. Die Mehrheit der Kommentatoren schreibt absolut Belangloses wie „Der wird schon wiederkommen“ oder „Das tut mir leid für dich“. Ungefähr zehn haben einfach „nein“ geschrieben, einer findet, Andi sähe aus wie Brad Pitt. Bei den persönlichen Nachrichten schreibt eine Sandra Fee, sie habe diesen Mann in der vergangenen Woche in einer Bar in Wiesbaden kennengelernt. Mandymaus schreibt, sie sitze jetzt gerade in einem Café in Eberswalde, und am Nebentisch sitze der Gesuchte. Ich frage die Maus, wo in Eberswalde das Café sei und wie es heiße, bekomme aber keine Antwort. Horstimann schickt mir die Nachricht: „Wenn du einen neuen Mann suchst, melde dich doch mal. Ich mag dein Profil.“ Rainer Schaller aus Düsseldorf schreibt: „Der saß vorgestern im Flieger nach München neben mir.“

Die Twitter-Ergebnisse, die Ina mir zuschickt, sind nicht minder erkenntnisreich. Eine Frau will Andi in Mönchengladbach an einer Dönerbude gesehen haben, ein Mann schwört, diesen Mann am Vorabend in einem Saunaclub in Dormagen getroffen zu haben.

Ich schicke diese Nachrichten wie vereinbart an meine Polizeidienststelle mit der Bemerkung: „Was hat das zu bedeuten, kann ich das ernst nehmen?“

Morgen Abend werden wir in die Schwulenszene der Stadt eintauchen. In der Nacht quält mich ein Albtraum von nackten Männern, die aus meinem Schrank auf mich einstürzen und mich mit ihren riesigen Penissen auspeitschen, aber immerhin habe ich ein wenig geschlafen. Denn ich weiß, dass ich alles getan habe, was ich bis jetzt tun konnte. Das scheint mich ein wenig zu beruhigen.

Motzstraße

Wie jeden Morgen ruft meine Mutter an. Ich würde ihr am liebsten verbieten, mich jeden Tag zu nerven. Denn das tut sie. Sie jammert und greint, als ob ihr der Mann davongelaufen sei. Deshalb habe ich meiner Mutter noch nicht gesagt, dass ich schwanger bin. Sie würde sofort nach Berlin kommen und mich betütteln wie eine Schwerkranke.

Meine Schwiegermutter Ulrike ist da etwas zurückhaltender. Sie ruft nur alle zwei Tage an und fragt, wie es uns geht. Nicht, ob ihr Sohn wiederaufgetaucht sei, denn sie weiß genau, dass ich sie sofort benachrichtigen würde. Ulrike scheint es gewohnt zu sein, ihren Kummer mit sich alleine ausmachen zu müssen, die vielen Jahre mit einem kranken Mann waren wohl ein gutes Training.

„Hast du es Werner erzählt?“, frage ich sie.

„Ja, aber er hat es sofort wieder vergessen. Und das ist auch besser so.“

Am Abend will ich mit Ina wie vereinbart die Schwulenbars mit Andis Foto abklappern. Wir fahren zusammen in die Motzstraße, wo die Gay-Community zu Hause ist. Doch ganz so einfach, wie Ina sich das vorgestellt hat, ist es nicht. Natürlich gibt es Schwulenkneipen, wo wir als lesbisches Paar durchaus willkommen sind. Niemand erkennt dort allerdings Andi auf unseren Fotos. Vielleicht sind die Kneipen zu harmlos. Die meisten Männer, die wir fragen, sind nett und freundlich zu uns, einige haben einen lockeren Spruch auf den Lippen. Ina ist bald ziemlich angeheitert, einer von uns muss wenigstens so tun, als ob wir uns amüsieren.

Aber es gibt natürlich auch Kneipen, da kommen wir am Türsteher nicht vorbei. „Kennen Sie diesen Mann?“, frage ich den Türsteher vom *Tom's*. Der schaut mich an, als habe ich nicht alle Tassen im Schrank.

„Ihr könnt hier nicht rein, Ladys“, sagt er.

„Bitte, haben Sie diesen Mann schon mal gesehen?“, frage ich.

„Ich glaube, ich habe mich nicht ganz richtig ausgedrückt. Verzieht euch, Mädels!“

„Gut“, sagt Ina, „dann schicken wir Ihnen eben die Polizei.“

„Bitte, nur her mit den schnuckligen, kleinen Polizisten. Ich steh auf Uniformen.“

„Lass uns gehen“, bitte ich Ina. Ich habe das Gefühl, in einem Sumpf stecken geblieben zu sein. Das hier ist nicht meine Welt. Aber es geht noch schlimmer.

Ein verzweifelter Ort

Ich habe Angst, mitten in Berlin. Ina und ich sind an einem der verzweifeltsten Orte der Stadt angelangt. Es ist dunkel und kühl geworden an diesem Montagabend, leichter Niesel regnet uns ins Gesicht. Wir sind zum Großen Tiergarten gefahren, wo das ganze Elend einer Stadt auf uns wartet. Ina hat gelesen, wo wir suchen müssen. Treffpunkt Toilettenhäuschen: Hier warten angeblich käufliche Jungs auf Freier, die meisten Stricher hier sollen aus dem Iran oder Afghanistan stammen.

Wir haben uns mit Pfefferspray bewaffnet. Allein der Weg von der Straße des 17. Juni ist unheimlich. Schon von Weitem sehen wir einen jungen Mann, der vor dem besagten Toilettenhäuschen auf und ab geht, er macht einen rastlosen, aggressiven Eindruck. Als ein weiterer Mann dazukommt, hören wir beim Näherkommen, dass die beiden in einer fremden Sprache miteinander reden.

„Was für eine Sprache sprechen die?", frage ich meine Freundin.

„Persisch vielleicht?"

„Heißt das nicht Farsi?", frage ich, um davon abzulenken, dass ich zittere. Das ist natürlich dem Kälteeinbruch geschuldet.

„Das ist das Gleiche, Farsi, Dari, Persisch. Das eine sprechen die im Iran, das andere die Menschen in Afghanistan, aber es ist alles Persisch.“

Ina ist wirklich gebildet, ich bin immer wieder über ihr Allgemeinwissen erstaunt. Sie liest eben viel. Im Gegensatz zu meiner Freundin bin ich mehr ein Mensch der Bilder.

Die beiden Männer, die vielleicht Farsi oder Dari sprechen, verschwinden zusammen in dem Toilettenhäuschen. Ansonsten ist weit und breit niemand zu sehen. Wir stehen da und warten wie bestellt und nicht abgeholt. Nach einiger Zeit kommen die beiden mit glasigem Blick wieder aus dem Häuschen heraus.

„Sind die auf Drogen?“, frage ich Ina.

„Die haben bestimmt Crystal Meth geraucht“, raunt Ina mir zu.

„Weißt du, wie das wirkt?“, frage ich sie. Ich habe extreme Angst vor unberechenbaren Menschen, ob sie nun durchgeknallt, besoffen oder auf Drogen sind.

„Putscht auf, habe ich mir sagen lassen, und macht extrem abhängig. Und blöd.“

Die beiden Männer trennen sich vor dem Häuschen, jeder geht in eine andere Richtung. Ein älterer Mann kommt auf einen der beiden zu. Endlich ein Freier? Wir beobachten, wie der ältere Mann verhandelt. Kurze Zeit später verschwindet er mit dem Jungen zwischen den Bäumen. Der andere Kerl ist in die andere Richtung weitergegangen, wir hören, wie er sich lautstark hinter einem Busch übergibt. Widerlich!

Später sehen wir ihn auf einer Bank sitzen, eigentlich ein ganz hübscher junger Mann in Jogginghosen, der an seinem Handy herumspielt. Wir schlendern, natürlich ganz unauffällig, zu der Bank. Als wäre es normal, dass zwei Frauen in der Dämmerung rund um das Toilettenhäuschen spazieren gehen.

Der Mann, es ist eher ein Junge, hat schwarze Locken und große, braune Augen, die aussehen, als ob sie brennen.

Ina fasst sich ein Herz. Sie greift in ihre Tasche und zieht ein Foto von Andi heraus.

„Kennst du den?", fragt sie ihn. Der junge Mann schaut kurz auf das Bild und dann in eine andere Richtung. Mir ist ganz schlecht vor Angst, vor gar nicht allzu langer Zeit ist im Tiergarten eine Frau umgebracht worden. Die Beute des Raubmörders: ein Handy und fünfzig Euro. Ich umklammere das Pfefferspray in meiner Tasche ein wenig fester.

„Who is?", fragt der Mann.

„Do you know him?", fragt Ina.

Der Mann schüttelt den Kopf. In einem Mundwinkel hängt ein Speichelfaden. Ich will Ina wegziehen, nicht dass der Kerl uns noch auf die Schuhe kotzt.

„Zwanzig Euro", sagt der Mann. Geradezu akzentfrei.

„Wofür?", fragt Ina.

„Twenty Euro, okay? Okay?"

„Du kennst ihn also? You really know him?"

„Okay, twenty, please."

„Gib ihm zwanzig Euro", sagt Ina.

„Bin ich bekloppt und öffne hier meine Handtasche“, sage ich. Wenn Ina mich nicht festhalten würde, hätte ich schon längst Fersengeld gegeben. „Komm, lass uns verschwinden. Der will uns doch nur abziehen.“

„Hey, twenty, please, ja, bitte.“

Ina öffnet ihre Handtasche und zieht einen blauen Schein heraus. Sie hält dem Mann den Schein vor die Nase. „Du kennst ihn?“

„Nein. Yes, yes.“

„Was denn nun, yes or no?“

„Yes, yes. War hier.“ Der Mann nickt wild. Alles an ihm scheint in Bewegung zu sein, er zuckt und hampelt auf der Bank.

„Weißt du, wie er heißt?“, fragt Ina.

Der Mann schüttelt den Kopf. „No.“ Der Mann will nach dem Schein greifen. Ina zieht den Zwanziger von ihm weg. „Wann hast du ihn das letzte Mal gesehen?“

Er grabscht nach dem Schein. „No Freier.“

„Der Mann war kein Freier?“, fragt Ina.

Er nickt wieder. Wild, unkontrolliert. „Spanner.“

Ina und ich schauen uns entsetzt an. „Wann hast du ihn das letzte Mal gesehen?“

Der Mann zuckt mit den Schultern.

„Gib ihm den Schein, Ina, bitte“, sage ich. Ina reicht dem Mann das Geld. Er steckt ihn ein, steht auf und schlurft mit einem merkwürdigen Gang zurück in Richtung Toilettenhäuschen.

Ich will weg hier, so schnell wie möglich. „Komm, Ina, ich habe Angst.“

„Wenn wir schon mal hier sind, könnten wir ja noch mehr Männer fragen."

„Du glaubst dem doch nicht etwa?", frage ich.

„Warum nicht. Seit Neuestem weiß ich, dass alles möglich zu sein scheint."

„Bitte, Ina, ich mache mir gleich in die Hose."

„Du, da vorn ist ein Toilettenhäuschen", sagt Ina. Sie ist viel mutiger als ich.

Polizeibesuch

Es ist kurz vor Mittag, als es bei mir ein paar Tage später klingelt. Wahrscheinlich DHL, ich bin hier im Haus die Poststation, da ich zu Hause arbeite. Vor der Tür stehen zwei Uniformierte. Mir rutscht das Herz in die Hose.

„Ja, bitte", sage ich zögernd.

„Frau Schellhas?"

Ich nicke.

„Können wir kurz hereinkommen?"

„Ja, natürlich." Böses ahnend lasse ich die Polizisten eintreten und bitte sie, in unserem Wohnzimmer Platz zu nehmen.

„Sie haben Ihren Mann als vermisst gemeldet."

„Haben Sie etwas von ihm gehört?", frage ich und setze mich ihnen gegenüber in den Sessel.

„Könnten wir eine DNA-Probe von Ihrem Mann bekommen?", fragt der Ältere von den beiden.

Das beantwortet nicht meine Frage. „Äh?", sage ich. „Wieso?"

„Frau Schellhas, bitte, es ist zu früh, um sich aufzuregen. Wir wollen sichergehen, dass es sich bei einem Verstorbenen nicht um Ihren Ehemann handelt."

Sie haben ihn also gefunden. Tausend Gedanken rasen mir durch den Kopf. Wo und wie und wer, ich weiß nicht, was ich zuerst fragen soll. Ich zittere wie ein Blatt im Sommerwind.

„Sieht der … äh, sieht der Tote meinem Mann ähnlich?“

„Frau Schellhas, das wissen wir nicht“, sagt der Jüngere.

„Aber Sie haben doch das Foto von meinem Mann! Kann ich den Toten sehen?“

„Das ist im Moment keine gute Idee, wir wissen nicht, in welchem Zustand die sterblichen Überreste sind. Das Landesinstitut für Rechtsmedizin in Frankfurt/Oder hat uns um Amtshilfe gebeten.“

Mir stockt der Atem. „Rechtsmedizin? Wieso?“

„Das wissen wir nicht. Haben Sie also eine DNA-Probe Ihres Mannes.“

„Wie, wie soll ich denn …“

„Eine Haarbürste vielleicht?“

„Ja“, sage ich, „ja, natürlich.“ Ich bleibe sitzen, weil ich nicht aufstehen kann. Meine Knie zittern viel zu sehr. „Wo ist … wo ist der Tote denn gefunden worden?“

„In der Nähe der polnischen Grenze“, sagt der Ältere.

„Ja, aber ich meine, wo? Mitten auf der Straße, in einer Wohnung, bei einem Autounfall, bitte, ich würde gern mehr erfahren.“

„Das wissen wir auch nicht. Wir müssen nur geeignetes DNA-Material für unsere Kollegen besorgen.“

„Sie können mir also überhaupt nichts Näheres sagen?“ Ich merke, wie schrill ich klinge.

„Bitte, beruhigen Sie sich. Es ist wirklich zu früh, sich aufzuregen“, wiederholt der Jüngere.

„Wie soll ich mich nicht aufregen, mein Mann ist vor knapp zwei Wochen verschwunden, seitdem habe ich mich nicht beruhigt, wie sollte ich … Würden Sie sich beruhigen, wenn Ihre Frau spurlos verschwinden würde!“ Ich merke, dass das Schreien gegen die Angst und die Nervosität geholfen hat. Deshalb stehe ich jetzt auf und gehe mit wackligen Beinen ins Bad. In einer Bastkiste liegt seine Haarbürste. Andi ist ein Anhänger dieser hässlichen chinesischen Rundbürsten aus Vollplastik in Trabifarben, mit denen man gleichzeitig die Kopfhaut massiert. Es hat mich viel Überredungskunst und Geduld gekostet, meinen Mann zu überzeugen, dass diese hässlichen Dinger in der Versenkung zu verschwinden haben, weil sie unser schönes Bad verschandeln. So richtig eingesehen hat er es nie.

Einer der Polizisten ist mir gefolgt. „Benutzt noch jemand anderer diese Bürste?“

„Nein, nur mein Mann, ich würde solche Bürstchen nicht mit der Pinzette anfassen.“

Der Polizist hält mir eine Tüte hin. „Und dann benötige ich noch zur Sicherheit Ihre DNA, damit wir jede Verunreinigung ausschließen können.“

„Möchten Sie vielleicht auch seine Zahnbürste?“

„Kann nicht schaden“, sagt er und hält mir einen weiteren Beutel hin. Ich werfe die Zahnbürste hinein. Er zieht ein Röhrchen aus der Tasche und will mir mit dem darin enthaltenen Wattestäbchen in den Rachen fahren. „Machen Sie bitte den Mund auf“, sagt er.

Ich will denen nicht meine DNA geben. Ich will einfach nicht. Alles in mir sträubt sich dagegen.

„Muss ich?“, frage ich. Ich weiß, dass ich mich weigern kann, aber mit welcher Begründung? Ich weiß, dass er fragen würde: *Haben Sie etwas zu verbergen?*

„Sie wollen doch, dass wir Ihren Mann finden“, sagt er.

Widerstrebend öffne ich den Mund. Nun wird meine DNA für alle Ewigkeit gespeichert. Oder nicht?

Die beiden Polizisten verabschieden sich und lassen mich mit meinen Sorgen allein. Ich gehe zu meinem Computer, gebe bei Google „Leiche Frankfurt/Oder“ ein und suche unter News. Gleich ganz oben sehe ich die Überschrift einer Meldung aus der *Märkischen Oderzeitung*.

Grausiger Fund

Frankfurt/Oder – Grausiger Fund in einem Waldstück in Briesen: Notdürftig in einem Erdloch verscharrt lag die spärlich bekleidete Leiche eines Mannes. Der unbekannte Tote war gestern Vormittag vom Hund des Revierförsters entdeckt worden. Da ein Fremdverschulden nicht auszuschließen ist, wurde die Leiche in das Landesinstitut für Rechtsmedizin gebracht, die Kriminalpolizei ermittelt.

Mehr steht da nicht. Aber ich weiß, es ist Andi.

Mir zittern die Hände. Wieso habe ich den beiden Polizisten nicht mit auf den Weg gegeben, dass mein Mann bisexuell war? Mir bleibt jetzt nichts anderes übrig, als zu warten.

Ich rufe meine Mutter an und erzähle ihr, was soeben passiert ist.

„Quatsch, das ist doch nicht Andi. Was sollte dein Mann denn in einem Wald bei Frankfurt/Oder?"

„Andi war bisexuell, Mama", sage ich.

Nach ein paar Minuten, die mir vorkommen wie Stunden, frage ich mich, ob die Leitung gestört oder meine Mutter in Ohnmacht gefallen ist. „Mama?"

„Das glaube ich nicht." Man hört ihrer Stimme den Schock selbst auf diese Distanz an.

„Ich habe es auch nicht geglaubt." Endlich fange ich an zu heulen. „Aber ich habe Beweise dafür in Andis Computer gefunden."

„Was für Beweise?"

„Fotos", sage ich.

„Ach so, das besagt gar nichts."

„Mama, du hast diese Fotos nicht gesehen. Andi ist mit drauf, tut mir leid, Mama."

„Deshalb ist Andi noch lange nicht tot", sagt sie. „Vielleicht ist er, äh, also vielleicht ist er ja mit einem Mann durchgebrannt."

Ich höre die Hoffnung in ihrer Stimme, und sie verletzt mich. Die Stille dröhnt durch die Leitung. Jede von uns hängt ihren eigenen Gedanken nach.

Dann fragt sie: „Und das Baby?"

In diesem Moment begreife ich nicht, dass sie auf den Busch klopft. „Dem geht es gut", sage ich deshalb unbedacht.

„Wusste ich's doch", sagt sie leise. Ach, Mama. „Und wann wolltest du es mir sagen?"

„Wenn ich – ach, Mama, Andi wusste es doch auch

nicht. Ich wollte ihn überraschen, zu seinem Geburtstag. Und dann …"

„Aber dein Mann ist seit fast zwei Wochen verschwunden, wieso hast du denn nichts gesagt, ich wäre doch sofort zu dir geflogen."

„Ich muss das alleine mit mir ausmachen, Mama."

„Du immer mit deiner Geheimniskrämerei. Und was wird jetzt aus dem Kind? Ich meine, ohne Vater? Kannst du es wegmachen lassen?"

Typisch meine Mutter. „Nein, ich will dieses Kind. Und außerdem – es ist zu spät, ich bin Ende des vierten Monats."

„Ach, mein Mäuschen, da stehen dir schwere Zeiten bevor. Du kannst immer zu uns kommen, das weißt du, nicht wahr. Soll ich nicht schnell einen Flug buchen?"

„Nein, Mama, bitte bleib, wo du bist, ich muss jetzt erst mal warten, was die Polizei herausfindet, ob es überhaupt Andi ist."

Wir einigen uns darauf, dass ich mich sofort melde, wenn ich etwas Neues weiß. Wie üblich.

Danach überlege ich, ob ich Ulrike anrufen soll. Ich weiß, sie sitzt Tag für Tag auf ihren Fingern, weil sie mich nicht ständig „nerven" will, wie sie sagt. Aber ich will nicht die Pferde scheu machen, bevor ich eine Bestätigung habe.

Ich lehne mich zurück in meinem Denkersessel und schließe die Augen. Zum tausendsten Mal lasse ich die schrecklichen Ereignisse der letzten Wochen vor meinem inneren Auge Revue passieren.

Mein Leben begann an jenem Tag aus den Fugen zu geraten, als mein Gynäkologe mir bestätigte, dass ich schwanger sei.

Freudentag

Nachdem meine Periode zum zweiten Mal ausgeblieben war, was ich nicht mehr auf den Flug und die Urlaubsumstellung hatte schieben können, bin ich zu meinem Gynäkologen gegangen. Ich wollte so sehr ein Kind, dass ich mich nicht traute, meinen eigenen Gefühlen zu glauben. Andi hatte ich nichts davon gesagt, weil ich Angst hatte, aufkeimende Hoffnungen zu enttäuschen. Denn inzwischen wollte auch Andi endlich Papa werden.

Noch nie habe ich so lange bei einem Arzt im Wartezimmer gesessen. Die Sekunden dehnten sich zu Stunden, ich war so aufgeregt, so hoffnungsvoll, aber auch so ängstlich, dass ich während der wahrscheinlich tatsächlich sehr kurzen Wartezeit zweimal auf die Toilette musste. Als ich endlich aufgerufen wurde, klopfte mir das Herz bis zum Hals. Ich hatte keinen Test zu Hause gemacht, ich wollte es mit Brief und Siegel von unserem Gynäkologen.

Mein Frauenarzt lächelte, als ich ihm sagte, meine Tage seien zum zweiten Mal ausgeblieben. Er fragte, wann meine letzte Menstruation gewesen sei, dann rief er seine Sprechstundenhilfe, damit sie mir Blut abnahm. Wie lange dauert das denn noch?, fragte ich mich. Ich konnte mich gar nicht schnell genug hinlegen, als mein Gyn mich bat, auf seinem Stuhl Platz zu nehmen.

Gespannt starrte ich auf seinen Bildschirm, als er mich mit dem eiskalten Ultraschallknüppel untersuchte.

„Hier", sagte er und drehte den Bildschirm in meine Richtung, „sehen Sie, hier ist es schon zu sehen."

Ich sah ehrlich gesagt nichts. Und das sagte ich auch.

„Doch, schauen Sie richtig hin, hier, das ist Ihr Baby!" Er deutete auf einen kaum wahrnehmbaren dunklen Fleck. „Sehen Sie, das Herzchen schlägt schon ganz eifrig."

„Bin ich wirklich schwanger?", fragte ich ängstlich.

„Ja, natürlich. Herzlichen Glückwunsch, jetzt hat es also doch geklappt!"

Am liebsten hätte ich den Mann umarmt und geküsst.

„Sie können sich wieder anziehen", sagte er.

Ich sprang von der Liege und bemühte mich, kontrolliert in die Umkleidekabine zu laufen. Mir war eindeutig nach Hopsen.

„Wie lange?", fragte ich ihn, als ich wieder vollständig bekleidet ihm gegenübersaß.

„Wenn man von der Größe des Embryos ausgeht, sind Sie in der siebenten bis achten Schwangerschaftswoche. Ihr Baby ist jetzt etwa so groß wie eine Pistazie."

Er hat mir einen Ausdruck vom Ultraschall mitgegeben.

Natürlich wusste ich sehr gut, in der wievielten Woche ich war. Ich hätte es ihm sogar auf die Stunde genau sagen können.

Als ich wieder im Auto saß, rannen mir die Freudentränen herunter. Ich widerstand allerdings dem Impuls,

Andi anzurufen, ich wollte ihn unbedingt persönlich am Abend überraschen. Auf dem Weg nach Hause überlegte ich mir, wie ich ihm die frohe Nachricht am besten übermitteln könnte. Marrakesch. So viel war klar. Es musste eine Erinnerung sein, etwas Marokkanisches, etwas, das uns an die Zeugung unseres Babys erinnerte. Was hatte der Gyn gesagt? So groß wie eine Pistazie?

Ich entschloss mich, am Abend zum ersten Mal unsere mitgebrachte Keramik-Tajine zu benutzen und ein köstliches Gericht aus Hühnerschenkeln, Safran, Knoblauch, Pistazien und Salzzitronen zu kredenzen, nach einem Rezept von Nazire, dem marokkanischen Koch in unserem Riad. Schnell fuhr ich zu Rewe, wo ich sogar Salzzitronen und Pistazieneis für die Nachspeise fand, und besorgte alles Nötige.

Während ich zu Hause das Festtagsessen vorbereitete, überlegte ich, eine Karte zu basteln, die uns immer an diesen besonderen Abend erinnern würde. Unser erster richtiger Abend zu dritt.

Bis jetzt war ich noch nicht dazu gekommen, unsere Urlaubsfotos zu einem Fotobuch zusammenzustellen, wie ich es sonst immer sofort nach dem Urlaub getan hatte. Aber nachdem wir aus unserem zweiwöchigen Marokko-Urlaub zurückgekommen waren, hatte uns die Arbeit überfallen wie ein feiger Dieb, so dass alles Private hatte liegen bleiben müssen. Es mussten Unmengen von Fotos sein, die wir in Marrakesch und im Hohen Atlas geschossen hatten, Fotos, die es zu sichten und zu sortieren galt.

Während ich mich in den Souks bei den Gerbern, Webern und Färbern in einen Rausch aus Farben, Stoffen und Gerüchen verloren hatte, verlor Andi sich in den Gassen, Nischen und Winkeln der Medina. Er hat Hunderte von Fotos geschossen, von Minaretten, Toren, Hausdurchgängen, Balkonen, rauchenden Feuern und streunenden Katzen.

Irgendwie hatte sich diesmal das Fotoprogramm meines iMacs geweigert, die Fotos von Andis Handy automatisch zu laden. Am ersten Wochenende nach unserer Rückkehr hatte ich ihn deshalb gebeten, die Urlaubsfotos nochmals freizugeben und sein Handy in die Nähe meines Computers zu legen, um dem iMac ein wenig auf die Sprünge zu helfen. Doch es passierte – nichts.

Es war ein Samstag, Andi hatte eine Verabredung zum Tennis. Er nahm sein Smartphone nie mit in den Club, deshalb war es kein Problem für ihn, sein Telefon zu Hause zu lassen.

Da sich die neuen Fotos trotzdem nicht wie sonst automatisch übertrugen, nahm ich kurzerhand ein Verbindungskabel zu Hilfe. Und siehe da, es klappte: Tausende Bilder übertrugen sich Datei für Datei in meinen Foto-Ordner. Nicht nur Fotos von Marrakesch, von den mörderisch tiefen, kohlpechschwarzen Abgründen und den gefährlichen, grauen Felsvorsprüngen im Hohen Atlas, von der Bergfestung Aït Ben Haddou und der Wüstenstadt Quazerzate, sondern auch Fotos, die Andi geschossen hatte, als ich mich dem Sinnes- und Einkaufsrausch in den Souks hingegeben hatte. Es dauerte lange, viel zu lange, ich musste noch einen Prospekt für eine Kundin fertigstellen, deshalb sichtete ich die Fotos nicht sofort, sondern sicherte sie in einem extra Ordner mit der Aufschrift „1001Nacht". Und dort ruhten sie – bis zu diesem denkwürdigen Tag im Juli.

Während die Tajine ihren köstlichen Duft im ganzen Haus verbreitete, saß ich vor meinem Computer und sichtete Fotos. Ich bin ziemlich schnell, schließlich habe ich Übung darin, fix das richtige Motiv für eine Werbung oder ein Cover aus Tausenden Fotos zum gleichen Stichwort herauszusuchen, das ist Teil meines Berufes. Ich klickte mich also durch, auf der Suche nach einem Foto, das alles sagte. Eines, das uns beide vereint zeigen würde, vielleicht das Foto, das die Hausangestellte, die kein Wort Englisch oder Französisch sprach, von uns auf dem Diwan geschossen hatte. Wir hatten sie die *Stumme von Portici* genannt, da sie sich mit uns nur mit Gesten verständigte.

Große, dunkle Augen starrten mich plötzlich von meinem Riesenbildschirm aus an, gebräunte, starke Männerarme schienen mich umarmen zu wollen, Schweißperlen auf einem Männerrücken, ein Männerbauch, kein Sixpack, sondern ein weicher, fast weiblich anmutender Bauch, mit einem winzigen Bauchnabel, hingegossen auf einer bunten, marokkanischen Decke, einer, den man streicheln möchte, tiefer, tiefer, bitte tiefer. Auch davon gab es Fotos, Fotos von schlanken, gespreizten Männerbeinen. Ein Knackarsch reckte sich mir entgegen – und zum Schluss das Highlight. Wow. Was für ein Ständer. Nicht der meines Mannes, wohlgemerkt. Aufgenommen in Marokko, sieben Wochen zuvor. Von meinem Ehemann, live und in

Farbe. Das waren keine gekauften Fotos, das waren Fotos, die mein Mann selbst geschossen hatte. Auf einem Foto sah man seine Schuhe in der Ecke stehen. Ein Bild sagte mehr als tausend Worte.

Ich war wie paralysiert. Meine Augen brannten ebenso wie meine Wangen. Vor Scham und vor Schreck.

Wieso gab er mir freiwillig sein Telefon, wenn er nicht wollte, dass ich diese Fotos sah? Natürlich war sein Smartphone mit einem Code geschützt, auch wenn es nicht ausgeschaltet war, ich kam nicht an seine Dateien heran. Allerdings legten sich die Fotos, die er freigegeben hatte, normalerweise wie von Zauberhand geführt von alleine in meinen Foto-Ordner. Vermutlich hatte er diese speziellen Fotos nicht freigegeben wollen und ein gesondertes Album mit einem extra Passwort geschützt, was wohl dazu geführt hatte, dass sich keins der Marokko-Bilder von selbst auf meinen Computer übertrugen. Das Kabel muss dem ansonsten gesperrten iPhone auf die Sprünge geholfen haben. Andi hatte wohl einen Fehler gemacht beim Schutz seiner intimen Dateien.

Der richtige Zeitpunkt

Ich war wie versteinert. Was war das? Mein Mann – schwul? Andi? Das konnte nicht sein. Ich vergaß die Tajine im Ofen, vergaß die Zeit, vergaß aufzustehen, ich saß einfach nur da und starrte auf ein Männerfoto. Es stellte sich mir nicht einmal die Frage: und jetzt?

Mein Gehirn war wie ausgeknipst, leer, meine Augen waren leer, ich weinte nicht, ich schrie nicht, ich tat nichts, außer auf den Computer zu starren. Ein stehender Penis zwischen den gespreizten Männerbeinen wurde zu einem Mandala, ich versank in einen Zustand des Nichtfühlens und Nichtdenkens. Der Schlüssel in der Tür riss mich aus diesem meditativen Zustand.

„Was stinkt hier denn so?“, fragte er bereits im Flur.

„Oh shit!“, sagte ich, schloss schnell die Fotodatei und versteckte das Ultraschallbild im Scanner. „Ich habe unser Abendessen im Ofen vergessen.“

„Kein Problem, lass uns essen gehen“, sagte Andi, der hinter mich getreten war und mir fröhlich einen Kuss auf den Kopf gab. Meine Nackenhaare stellten sich auf.

Wir saßen uns gegenüber, draußen auf der Terrasse bei unserem Italiener *Il Brunello*, redeten wie immer Belangloses, schimpften auf die Berliner Politik, lachten, aßen Tagliatelle al tartufo und tranken dazu eine Flasche Lugana. Diesmal spielte nicht nur einer von uns beiden eine Rolle. Er verriet mir nicht, dass er auf Männer stand, ich verriet ihm nicht, dass ich es wusste und wir ein Baby erwarteten. Und an diesem Abend verpasste ich das, was meine Mutter immer „den richtigen Zeitpunkt" genannt hatte. Sie hatte immer auf den richtigen Zeitpunkt gewartet, zum Beispiel, um meinem Vater beizubringen, dass ich wieder mal eine Fünf in Mathe geschrieben hatte oder dass das Finanzamt Unsummen von uns haben wollte. Es hätte nur einen einzigen richtigen Zeitpunkt gegeben, um ihm von unserem Baby zu erzählen. Und der verstrich ungenutzt, während ein Kellner uns den Grappa brachte. Ich stieß mit meinem Mann an und kippte den Schnaps in einem Schluck herunter.

Natürlich wusste ich, dass ich mit Rücksicht auf unser Kind keinen Alkohol mehr trinken sollte. Aber wollte ich jetzt wirklich noch ein Baby von ihm? Hatten wir überhaupt noch eine Zukunft? Als wir uns auf den Nachhauseweg machten, war ich betrunken. Vielleicht war das die einzige Möglichkeit, diese erste Nacht nach dem Schock zu überstehen.

Aber nicht nur an diesem Tag verkroch ich mich in mein Bett, ich zog mich komplett zurück wie eine Schnecke in ihr Haus. Jede emotionale Äußerung von Andi, jede liebe Geste, jede Umarmung kam mir plötzlich vor wie eine Lüge. Wenn er mit mir geschlafen hatte, hatte er dann dabei an einen Kerl gedacht?

War er vielleicht überhaupt nur mit mir zusammen, weil ich ein androgyner Typ bin, wenig Busen, lange Beine, kurzgeschnittene Haare? Man sagt nicht umsonst Nico zu mir. War das der Grund, warum er kein Kind haben wollte? Weil er dann erkennen musste, dass Nico eine Nicole ist?

Lehnte er vielleicht nicht das Kind in mir ab, sondern mich als Mutter?

Es gab so viele Fragen, auf die ich eine Antwort haben wollte, aber je länger der Fund her war, desto sprach- und hilfloser wurde ich. Ich konnte ja schlecht drei Tage oder drei Wochen später damit kommen, ach übrigens, ich habe da mal aus Versehen ein Foto von dir gefunden, äh, sag mal, by the way, du wirst Papa.

Konsequenzen

Seit der Entdeckung von Andis heimlicher Leidenschaft schlief ich nicht mehr. Warum hatte ich nichts gemerkt? Ich hatte nicht mal den Hauch eines Verdachts. Nichts an Andi wirkte schwul, im Gegenteil. Wann, habe ich mich gefragt, wann hat er es mit diesen Kerlen getrieben? War er an diesem Samstag wirklich im Tennisclub, so wie an den vielen Samstagen zuvor? War er jeden Dienstag- und Donnerstagabend im Tennisclub, zu einem Match mit Micha, Matze oder Martin, mit Oli, Carsten oder Tobias? Wie viel stimmte von seinen Erzählungen?

Was war mit den Partys im Club, zu denen ich nie mitging, weil mir dieses Clubleben einfach nicht lag? Ich kannte seine Tennispartner nur mit Namen, nicht persönlich. Er erzählte wenig über die Männer, mit denen er angeblich Tennis spielte, es waren Klienten oder Bekannte aus dem Club. Männer, mit denen er sich ein Match lieferte und anschließend ein Bier trank. Oder zwei. Waren das auch seine Lover? Hatte er einen festen Freund, betrog er mich gar schon seit Jahren mit einem Kerl? Siggi fiel mir ein, sein Mitarbeiter. Hatten die beiden etwa ein Verhältnis, war Siggi seine Büroliebe?

Oder suchte er sich seine Liebhaber in Schwulenbars irgendwo in Schöneberg, trieb er es in Darkrooms rund um die Motzstraße oder ließ er es sich von Strichern im Tiergarten besorgen? Mir fiel der Homomörder ein, dieser Serienkiller, trieb Andi es etwa irgendwo in einem brandenburgischen Wald, in der Nähe von Autobahnrastplätzen, immer in Gefahr, von einem durchgedrehten Killer abgemurkst zu werden? Was war mit Aids, verdammt, wir hatten ungeschützten Sex, schließlich versuchten wir verzweifelt, ein Kind zu bekommen.

Bei dem Gedanken daran wurde mir speiübel, ich rannte auf die Toilette und übergab mich.

Ich stand komplett neben mir. Was sollte ich tun? Sollte ich Andi darauf ansprechen? Ihn geradeheraus fragen? Das war mein erster Impuls gewesen, an dem Freudentag, der zu dem schwärzesten meines bisherigen Lebens werden sollte. Vielleicht wäre alles anders gekommen, wenn ich auf den Mann, den ich so sehr liebte, einfach zugegangen wäre und gesagt hätte: *Schatz, ich habe die Bilder von dem Kerl in unserem Bett im Riad gefunden. Und was machen wir jetzt beide daraus? Hilf mir, ich bin ratlos. Erkläre es mir, bitte, ich will dich verstehen.*

Wäre das nicht die richtige Reaktion einer Ehefrau gewesen, die mit ihrem Mann so viel mehr verband als Sex und Leidenschaft? Zumindest bis zu diesem Fund hatte ich geglaubt, dass wir Seelenverwandte wären, dass wir uns wortlos verstünden, zwei Herzen im Dreivierteltakt.

Aber ich habe nichts gesagt, ich habe ihm die liebende Ehefrau vorgespielt, harmlos, arglos, blöd und blind.

Durch mein Schweigen ritt ich mich immer tiefer in die Scheiße. Denn nicht nur sein Verhalten war Lüge, auch meines entwickelte sich von Tag zu Tag mehr zu einer filmreifen Darstellung. Ich musste mich zwingen, ihm einen Kuss auf die Stirn zu geben und „Schlaf schön" zu sagen, ich musste mich dazu durchringen, morgens mit ihm zu frühstücken oder abends mit ihm essen zu gehen.

Aber einmal aufgewacht, machte ich mich auf die Suche nach weiteren Anzeichen. Was hatte ich all die Jahre übersehen? Fünfzehn Jahre Blindheit?

Ich durchwühlte seine Taschen und fand Kondomverpackungen, ich fischte klebrige Taschentücher aus dem Wäschekorb, etwas, was ich sonst meiner Putzfrau überließ, ich roch an seinen Unterhosen und betrachtete, wenn er nach Hause kam, die Sohlen seiner Schuhe.

Man fand sie, diese kleinen Zeichen der Untreue, da waren ab und an Kratzer auf seiner Haut, die garantiert nicht von meinen abgenagten Fingernägeln stammten, oder blaue Flecken an Stellen, an denen man sich nicht beim Tennis stieß.

Seit wann stand er auf Männer? Waren seine Dates vielleicht nur eine Folge unserer Fruchtbarkeitsbemühungen? Hatte er die Spermienproben, die er abgeben musste, angesichts von Gay-Pornos fabriziert?

Ich hatte so viele Fragen, und keine einzige kam mir über die Lippen. Von Tag zu Tag wurde meine Lage verzweifelter. Was sollte ich tun? Hatte unsere Ehe überhaupt noch eine Chance? Sollte ich abtreiben?

Das Schlimmste war, dass ich mit niemandem darüber reden konnte. Ich schämte mich so sehr, dass ich das, was ich gesehen hatte, nicht in Worte fassen konnte. Wem hätte ich mein Herz ausschütten sollen? Ina?

Ich weiß, was Ina mir geraten hätte: Nimm die Beine in die Hand und lauf so schnell weg, wie du kannst. Ina, die immer so konsequent war, die ihren geliebten Torsten innerhalb von zwei Tagen abserviert hatte, nachdem sie durch unsere Schulfreundin herausgefunden hatte, dass er sie mit Tinder-Bekanntschaften betrog. Da gab es kein Zögern, keine Gedanken wie: *Aber ich liebe ihn doch, man muss sich zusammenraufen.* Ina legte einen Schalter um, und von einem Tag auf den anderen waren sie und Torsten Geschichte. Hätte ich sie etwa fragen sollen, was ich mit dem Baby machen soll? Den Teufel mit Stumpf und Stiel ausmerzen. Das wäre ihr Rat gewesen. Aber ich bin nicht Ina, ich bin Nico, und Nico ist anders.

Hätte ich etwa meine Mutter in ihrer heilen Pariser Welt damit behelligen sollen? Sie hätte mir vielleicht nicht mal geglaubt. Was nicht sein darf, ist nicht. Das ist die Bewältigungsstrategie meiner Mama, sie hat jedes Eheproblem einfach ignoriert und mich glauben gemacht, dass es keines gab. Natürlich gab es auch in ihrer Ehe Probleme. Es gibt keine Ehe, in der es keine Probleme gibt. Glaube ich jedenfalls. Oder besser, ich habe geglaubt, dass meine Ehe die einzig perfekte war auf der ganzen weiten Welt. Träum schön weiter, Nico!

Oder hätte ich meiner Schwiegermutter sagen sollen: *Hallo, Ulrike, dein Sohn ist bisexuell, ich war mir nicht sicher, ob er mich nicht verlässt, wenn er hört, dass wir El-*

tern werden. Denn das war der Dreh- und Angelpunkt meines Denkens, ich wollte nicht, dass Andi uns verlässt, ich wollte meinen alten Andi wiederhaben, meinen besten Freund, Kumpel, zärtlichen Liebhaber und treusorgenden Ehemann. Ich wollte mich in seinen Armen entspannen und mit ihm träumen, die Sterne beobachten und unbeschwert lachen.

Können ein paar Fotos eine ganze heile Welt zum Einstürzen bringen? Gab es irgendetwas, das mir bei meinem Mann gefehlt hatte? Er war der beste Mann, den man sich vorstellen konnte, wie für mich gebacken. Sollte ich den perfekten Ehemann verlassen, weil er auch auf Kerle steht?

Nico, so redete ich mir ein, dein Mann ist bisexuell. Finde dich damit ab. Du lebst ruhiger, wenn du akzeptierst, was du nicht ändern kannst. Du liebst ihn doch trotzdem.

Das Baby in meinem Bauch wuchs. Die Wochen vergingen, oder, besser gesagt, ich ließ sie verstreichen, bis es zu spät war, eine Entscheidung zu treffen. Ich wollte unbedingt ein Kind von dem Mann, den ich liebte. Also wozu darüber nachdenken, ob es schlau war, dieses Kind in dieser Situation wirklich zu bekommen? Im Zweifelsfall könnte ich mein Kind auch allein großziehen. Die Entscheidung konnte mir niemand abnehmen. Mein Bauch gehört mir, da war ich ganz Emanze.

Das war es, was mir meine innere Stimme immer wieder zuflüsterte, wenn ich darüber nachdachte, ob ich nicht vielleicht doch eine Abtreibung vornehmen sollte. Aber die Zweifel nagten an mir wie eine hungrige Ratte. *Was soll ich nur tun, was soll ich nur tun?* Diese Frage beschäftigte mich Tag und Nacht, und ich tat – nichts.

Am schlimmsten waren die Dienstag- und Donnerstagabende, wenn er spät heimkam, verschwitzt, nach Bier riechend, und erst mal eine Dusche brauchte. Oder die Samstage, an denen er mit Oli oder Carsten zu einem Match verabredet war, während ich mit Ina gemütlich Cappuccino trank und mir ihre neuesten Erlebnisse mit ihren Tinder-Eroberungen anhörte.

Im Tennisclub

Und wieder ein Donnerstag. Ich beschloss herauszufinden, ob Andi wirklich Tennisspielen geht. Da er sein Handy dafür immer zu Hause lässt und ich ihn mithin nicht direkt erreichen konnte, schien mir das eine meiner leichtesten Übungen. Ich warf mich also in meine Sportklamotten und verließ die Wohnung zu einer abendlichen Joggingrunde rund um die Krumme Lanke. Weil ich aber so überarbeitet war, ließ ich die Tür hinter mir ins Schloss fallen, ohne die Schlüssel eingesteckt zu haben. Kein Problem, ich brauchte ja nur im Tennisclub anzurufen, ich hatte zwar keine Schlüssel, aber immerhin mein Handy dabei. Ohne gehe ich nie in den Wald. Soweit meine Legende.

Ich war allerdings noch unentschlossen. Sollte ich ihn im Club anrufen? Oder sollte ich gleich dort vorbeischauen? Noch nie hatte ich ihn dort angerufen, zweimal hatte ich ihn dorthin begleitet, das reichte mir vollkommen. Ich entschied mich zunächst für einen Anruf im Tennisclub.

„Nein“, bekam ich zu hören, „Ihr Mann ist noch nicht hier, versuchen Sie es doch später noch mal.“ Ich sah auf die Uhr. Okay, es war erst eine halbe Stunde her, dass er losgefahren war. Ich beschloss also, statt um den See zum Tennisclub zu joggen. Mal sehen, ob Andi noch eintrudelte.

Der Tennisclub *Kängurus e. V.* liegt gleich hinter dem Schlachtensee, kurz vor der Auffahrt zur Autobahn. Nachdem ich einen Blick auf die besetzten neun roten Ascheplätze geworfen und meinen Mann dort nicht entdeckt hatte, schaute ich in der Halle nach. Aber auch dort gab es auf den drei Plätzen Spieler, aber von Andi keine Spur. Ich setzte mich also auf die Terrasse des Clubhauses, von der aus man das Treiben auf den Plätzen gut beobachten kann, und bestellte mir ein Abendessen.

Sollte ich fragen, ob Andi für diesen Abend überhaupt einen Platz gebucht hatte? Nein, die Frage erübrigte sich, denn alle Plätze wurden bespielt. Außerdem hatte ich Angst, dass man Andi brühwarm kolportieren würde, dass ich ihm nachspionierte.

Ich ließ das Abendessen langsam angehen und bestellte mir danach noch eine große Apfelschorle. Während ich dem bunten Clubleben zuschaute, überlegte ich, was Andi mir als Ausrede auftischen könnte. Oder sollte ich ihm überhaupt nicht erzählen, dass ich im Club war? Niemand kannte mich hier, an die zwei Male, die ich Andi begleitet hatte, würde sich kaum jemand erinnern. Kurz vor zweiundzwanzig Uhr verließ ich den Club, der um diese Zeit offiziell schloss. Auf dem Nachhauseweg rief ich immer wieder auf seinem Handy an, damit er nicht auf die Idee kam, dass ich ihn tatsächlich persönlich in seinem Club gesucht hatte.

Aber Andi war noch nicht wieder zu Hause, als ich unsere

Wohnung erreicht hatte. Ich setzte mich auf die Treppe vor dem Eingang und wartete. Was für eine Geschichte würde er mir erzählen? Ich fühlte mich hundeelend, der große Salat mit Hühnerbruststreifen, den ich im Clubhaus gegessen hatte, lag mir schwer im Magen.

Um Viertel vor elf hörte ich seinen Wagen um die Ecke in die Tiefgarage fahren. Ich kann das Geräusch seines Volvos gut von anderen unterscheiden. So manchen Abend habe ich auf der Terrasse gesessen und auf seinen Wagen gelauscht. Ich stand also auf und wartete noch ein paar Minuten. Als ich sicher sein konnte, dass er bereits in der Wohnung war, rief ich ihn auf seinem Handy an.

„Ja", meldete er sich.

„Ich bin's, ich bin vor der Tür, ich habe mich ausgesperrt, kannst du mich bitte erlösen?"

„Hä, wie, was ist los?" Er schien verwirrt. Ich wollte ihm ein wenig Zeit geben, sich eine gute Geschichte auszudenken.

„Lass mich ein, lass mich ein, ich steh draußen vor der Tür", sang ich den Anfang des alten Weihnachtsliedes, das er so mag.

„Ach du Scheiße." Das war genau das, was ich dachte.

Ich klingelte. Er drückte auf den Türöffner.

„Sag mal, Schatz, das kann doch wohl nicht wahr sein", empfing er mich in der Tür. Er war verschwitzt und roch nach Bier. Wie immer. In der Ecke lag seine Sporttasche mit dem Tennisschläger.

„Ich bin doch zu blöd", sagte ich und gab ihm einen Kuss.

„Wie lange wartest du schon?“, fragte er. Er klang besorgt.

„Seit einer halben Stunde?“, sagte ich. Was in etwa der Wahrheit entsprach.

„Warum hast du nicht im Tennisclub angerufen?“, fragte er.

Du hinterhältiger Wichser, dachte ich. Noch nie hatte ich so über meinen Mann gedacht. Noch nie! „Habe ich doch. Aber die haben mir gesagt, du seist nicht da.“

„Da muss ich gerade weggegangen sein“, sagte er. „Ich war mit Oli noch schnell eine Pizza essen, in dem Restaurant in der Kurve.“

„Na“, sagte ich munter, „ich hoffe, sie hat dir geschmeckt.“ Natürlich erinnerte er sich nicht an den Namen des Restaurants, es hatte in den letzten Jahren so oft den Besitzer und den Namen gewechselt, dass man gar nicht mehr hinterherkam. Was aber auch den unschätzbaren Vorteil für ihn hatte, dass uns der derzeitige Wirt nicht kannte.

Im vierten Monat

Als mein vierter Monat anbrach, habe ich mich endlich getraut zu handeln. Bis zu diesem Zeitpunkt war ich in Schockstarre. Oder war es das Leben in meinem Bauch, das sich selbst schützte?

Erst als es für eine Abtreibung zu spät war, bin ich aktiv geworden.

Ich beschloss, Andi zu folgen. Was ich auch tat. Am Dienstag fuhr mein Ehegespons tatsächlich in den Club und spielte eine Runde Tennis. Mit Matze, wie ich später erfuhr. Es war also nicht alles gelogen.

An diesem Abend lernte ich, dass es nicht ganz so einfach ist, jemandem unbemerkt mit dem Auto zu folgen. Die Ausfahrt unserer Tiefgarage liegt um die Ecke. Ich hatte meinen Wagen vor dem Hauseingang geparkt, musste also nur schnell die Wohnung verlassen und ausparken, um ihm hinterherfahren zu können. Aber was, wenn er in den Rückspiegel schaute? Er kannte ja mein Auto und mein Nummernschild, auch wenn der Hyundai ein ziemlich unauffälliger Wagen ist. In dem Gewühle rund um den Schlachtensee war es noch relativ einfach, ihm zu folgen, ohne dass ich direkt hinter ihm blieb. Aber wenn er längere Strecken zurücklegte? Gar über die Autobahn fuhr?

Ich musste mir etwas einfallen lassen. Kurzfristig hatte ich überlegt, einen Detektiv zu engagieren. Aber das kam mir irgendwie schäbig vor. Ich hatte schon Probleme genug damit, meinen Ehemann selbst zu bespitzeln, einen Fremden mit seiner Überwachung zu betrauen, erschien mir als zu großer Vertrauensbruch. Würde Andi das mit mir machen, wäre das für mich ein Scheidungsgrund. Natürlich weiß ich, dass das unlogisch ist, aber ich habe nie behauptet, dass meine Gefühle irgendeiner Logik folgen würden.

Dann hatte ich eine Idee. Meine Freundin Ina hatte sich aus lauter Spaß an der Freude im letzten Jahr eine Vespa gekauft. Sie war mit dem Ding in der ersten Begeisterung zweimal gefahren und hatte sie dann in der Garage ihrer Eltern geparkt.

Ich rief Ina an. „Sag mal, Schatzi", fragte ich. „Was ist eigentlich mit deiner Vespa?"

„Was soll damit sein?"

„Es ist so ein tolles Wetter draußen, und ich habe noch nie von dir gehört, dass du einen Ausflug mit deiner Vespa gemacht hast."

„Stimmt. Ich habe im Moment anderes zu tun."

„Erzähle!"

„Ist noch nicht spruchreif, lässt sich aber gut an."

„Wie heißt er?"

„Michael."

„Der wievielte Michael ist das jetzt?"

Ina lachte. „Du zählst mir doch nicht etwa die Männer im Mund?“

Jetzt musste ich lachen. „Im Mund nicht, aber es scheint eine relative Michael-Dichte zu geben.“

„Liegt sicher am Alter“, sagte Ina.

„Wenn du die Vespa nicht brauchst, ich hätte tierisch Lust, ein bisschen damit rumzufahren. Jetzt, wo es so heiß ist, macht das sicher Spaß.“

„Tu dir keinen Zwang an, Süße, wann willst du sie abholen? Ich rufe meine Eltern an und sag denen Bescheid. Tut dem Ding bestimmt ganz gut, mal wieder bewegt zu werden.“

„Leihst du mir auch deinen Helm?“

„Der hängt ebenfalls bei Papa in der Garage. Bedien dich!“

Und so kam ich zu einer fast neuen Vespa, hellblau im Retrodesign mit passendem Helm. Perfekt! Am nächsten Donnerstag hatte die Vespa ihren ersten Einsatz. Allerdings fragte ich mich, was ich machen würde, wenn Andi über die Avus fuhr. Ich war mir nicht sicher, ob ich ihm mit diesem Ding auf der Autobahn folgen könnte.

Im Großen Tiergarten

Am Donnerstag kam mir der Zufall zu Hilfe. Andi sagte, dass er spät noch einen Mandantentermin hätte und dann direkt vom Büro aus zum Tennis fahren würde. Es war ein heißer Sommerabend, die Hitze hing selbst in der Nähe von zwei Seen wie eine Käseglocke über dem Grunewald.

Ich fuhr also mit der Vespa einmal quer durch die Stadt zu seinem Büro am Kudamm, wo ich auf dem Hof mit Blick zu seinem Wagen an eine Mauer gelehnt lauerte. Es dauerte ziemlich lange, bis Andi in Begleitung eines Mannes aus dem Haus kam. Die beiden Männer verabschiedeten sich, und Andi stieg in seinen blauen Volvo.

Ich startete meine Vespa. Unter dem Helm, den ich mich nicht getraut hatte abzunehmen, schwitzte ich wie der Teufel, meine kurzen Haare waren sicher klitschnass. Es wurde Zeit, dass der Fahrtwind mir ein wenig Abkühlung verschaffte.

Mein Mann bog in die Leibnizstraße ein. Ich hatte Glück an der Ampel, so dass ich ihm folgen konnte. Es ging geradeaus bis zur Bismarckstraße, am Ernst-Reuter-Platz wäre ich fast unter die Räder eines Lasters gekommen, jetzt schwitzte ich nicht nur wegen der Hitze, sondern auch vor Angst. Mitten im brausenden Verkehr fühlte es sich alles andere als gut an, auf einem Roller zu sitzen. Der Ernst-Reuter-Platz war schon bei der Führerscheinprüfung mein Albtraum gewesen, man muss genau wissen, wo man abbiegen will, damit man auch die richtige Spur erwischt. Und ich hatte keine Ahnung, wohin Andi wollte. Dennoch schaffte ich es, ihm ohne Blessuren in die Straße des 17. Juni zu folgen. Wo wollte er hin? Bitte, bitte nicht auch noch um den Großen Stern, das halten meine Nerven nicht durch, dachte ich. Als hätte Andi mich gehört, blinkte er rechts, er schien sich einen Parkplatz zu suchen. Ich überholte ihn, behielt ihn aber im Rückspiegel und fand ebenfalls eine Lücke am Straßenrand.

Andi stieg aus und verschloss sein Auto. Er ging gradewegs in den Großen Tiergarten.

Ich glaube, ich war das letzte Mal während meiner Schulzeit auf einem Wandertag hier gewesen. Einheimische sieht man hier eher selten. Dafür kennt jeder Berlin-Tourist diese Gegend. Gleich hinter dem Brandenburger Tor erstreckt sich der Berliner Tiergarten. An einer Seite liegt das Kanzleramt, an der anderen der Bahnhof Zoo, mittendrin steht verkehrsumbraust auf dem Großen Stern die Siegessäule, und auf der anderen Seite erstreckt sich das Schloss Bellevue, der Amtssitz des Bundespräsidenten.

Während ich Andi folgte, kramte ich in meinem Gedächtnis. Ursprünglich diente der Tiergarten als Jagdgelände für die Kurfürsten von Brandenburg. Es war mir, als hörte ich die Stimme meiner Klassenlehrerin Frau Wangenroth: „Unter Friedrich dem Großen schuf der Baumeister Georg Wenzeslaus von Knobelsdorff auf dem Jagdgelände einen barocken Lustpark." Die Gedanken an diesen Klassenausflug gaben mir Sicherheit, ich war nicht auf fremdem Terrain, nein, das hier hatte ich schon mit der Schulklasse besucht.

Ich weiß noch, dass Ina und ich bei dem Wort „Lustpark" kicherten. Was Teenager sich eben so unter einem Lustpark vorstellten. Jedenfalls nicht das, was Knobelsdorff darunter verstand: Blumenbeete, Rabatten und Spaliere in geometrischer Anordnung, Labyrinthe und Teiche, wenn mich meine Erinnerung nicht trog.

„Entlang der Alleen entstanden unter Knobelsdorff mit Hecken oder Bäumen eingefasste Plätze, die mit Sitzgelegenheiten, Brunnen und Vasen möbliert wurden." Auch bei dem Wort „möbliert" mussten Ina und ich kichern. Frau Wangenroth schleifte uns damals erbarmungslos quer durch den ganzen Tiergarten, nicht ohne auf den Landschaftsgärtner Peter Joseph Lenné hingewiesen zu haben, der Anfang des neunzehnten Jahrhunderts von einem anderen Friedrich beauftragt wurde, die Anlage umzugestalten. Jahreszahlen und die Könige waren schon in der Schule nicht mein Ding gewesen, ich konnte mir einfach weder Zahlen noch die diversen Friedriche merken. An Knobelsdorff und Lenné erinnerte ich mich jedoch noch, denn es gibt Straßen mit diesen Namen in Berlin, an denen ich regelmäßig vorbeifahre.

Lennés Entwurf gefiel dem Friedrich nicht, er musste umplanen. So entstand ein Park nach englischem Vorbild, mit weiten Rasenflächen, offenen Sichtachsen, aber auch mit kleinen Wasserläufen und Seen mit Inseln, zu denen man über malerische Brücken gelangt. Die geometrischen Formen von Knobelsdorff hat Lenné allerdings nicht zerstört.

Heute lustwandeln hier tagsüber Touristen, an warmen Abenden wie diesem tummeln sich auf den Rasenflächen grillende Großfamilien, in der Luft lag der beißende Geruch von Holzkohlenfeuer, Lammspießen und Knoblauch. Ich entsann mich, im Fernsehen gesehen zu haben, dass der Tiergarten inzwischen auch zur Heimat für Flüchtlinge aus aller Welt geworden war.

Der Große Tiergarten ist eines der Berliner Krisengebiete: Obdachlose, Drogensüchtige und Kleinkriminelle geben sich hier ein Stelldichein. Und Stricher und Freier. Was zum Teufel wollte mein Mann hier?

Ich folgte ihm mit diesem blöden Helm auf dem Kopf, der mich fast umbrachte, in den nordwestlichen Teil des Parks. Andi lief nicht, er schlenderte. Was hatte er vor? Er wollte doch nicht etwa …

In der Ferne sah ich ein weiß gekalktes Häuschen mit einem flachen Dach unter hohen Bäumen. Die grauen Tischtennisplatten davor waren verwaist, hier schien niemand spielen zu wollen, jedenfalls nicht Tischtennis.

In angemessener Entfernung blieb ich stehen. Andi schlenderte jetzt nicht nur, er schlich geradezu in Richtung des Häuschens. Ich sah einige Männer zwischen den Bäumen, einer kam auf mich zu, ich drehte mich abrupt um, er sah aus, als wollte er mich ansprechen. Kein Wunder, ich hatte eine Jeansjacke an, und mit dem Helm war ich auch nicht auf Anhieb als Frau zu erkennen. Je länger ich hinschaute, desto klarer wurde mir, dass dieses Häuschen eine Kontaktbörse war.

Die Männer verschwanden immer zu zweit in dem Toilettenhäuschen. Womit wurde hier gedealt? Mit Heroin, mit Crystal Meth oder mit dem Körper? Andi schien niemanden anzusprechen, er ging in Richtung der Bäume, ich blieb einfach da, wo ich war, setzte mich auf eine Betonbank und tat so, als müsste ich meine Schuhe zubinden. Plötzlich war Andi verschwunden. Wo war er geblieben? In das Häuschen war er nicht gegangen, aber wohin konnte er sonst verschwinden? Was sollte ich tun? Es wäre auffällig, hier noch lange sitzen zu bleiben. Ich stand also auf und ging ebenfalls Richtung Häuschen. Noch war es hell, ich hörte, wie zwei Männer sich in einer fremden Sprache unterhielten, es klang abgehackt, so als würden sie sich nur Satzfetzen zuwerfen. Ich beobachtete einen älteren Mann in Lederklamotten, der auf einen jungen zuging. Der Mann in Leder war mindestens siebzig, hatte einen langen, weißen Zopf und vorn eine Glatze. Die beiden redeten kurz miteinander, dann verschwanden sie zu zweit in dem Toilettenhäuschen. Andi war weit und breit nicht zu sehen. Ich kam mir ziemlich blöd vor in dieser Szenerie, in die ich nicht gehörte. Deshalb ging ich zurück zur Straße des 17. Juni, startete die Vespa und fuhr Richtung Heimat. Das, was Andi an diesem Abend tat, musste ich dem Reich der Phantasie überlassen. Allerdings war mir klar geworden, dass auch die Vespa nicht das richtige Verkehrsmittel war, um Andi auf seinen Abwegen zu folgen. Der Roller war gut für die Innenstadt, aber um ihn auf der Stadtautobahn zu verfolgen, brauchte ich etwas Schnelleres.

Im Kiez

Am nächsten Samstag – oder Sonnabend, wie wir Berliner sagen – war im Tennisclub das große Sommerfest angesagt. „Willst du nicht doch mal mitkommen?“, fragte mein Mann. Scheinheilig, denn er wusste genau, dass ich nicht die Absicht hatte, dort den Abend mit Gesprächen über Sehnenscheidenentzündungen, Kytta-Salbe, Meniskusproblemen und die Kapriolen des Clubpräsidenten nebst weiblichem Anhang zu verbringen.

„Geh du mal schön alleine, du kennst genug Leute da, wirst dich schon nicht ohne mich langweilen. Ich mache mir einen gemütlichen Abend.“

„Kann aber spät werden“, sagte Andi.

„Dann sei leise, wenn du heimkommst. Und wenn ich mich langweile, finde ich schon jemanden, der mit mir um die Häuser zieht.“

Ich war mir ziemlich sicher, dass Andi nicht den ganzen Abend auf dieser Fete bleiben würde. Aber wie sollte ich das nachprüfen? Die Vespa war mir zu langsam. Ein Taxi bot sich nicht an, denn er würde sich bestimmt zunächst auf der Party blicken lassen. Ihm war der Tennisclub wichtig, angeblich kannte er aus dem Club auch einige Mandanten.

Also besorgte ich mir einen Mietwagen, den ich vor unserem Haus parkte. Da ich davon ausging, dass es ein langer Abend werden könnte, stattete ich den Wagen vorsorglich mit Getränken und Knabberzeug aus.

Das sollte mir am Abend auch sehr zupasskommen. Ich folgte Andi bis zum Club, den er tatsächlich um halb neun Uhr abends ansteuerte. Auf dem Parkplatz vor dem Clubhaus fand ich mit viel Glück in einer Ecke eine freie Lücke, weit genug weg von Andis Volvo, so dass er mich beim Einsteigen nicht sah. Ich hatte mir ein Basecap tief ins Gesicht gezogen. Warten, ohne zu wissen worauf, ist so ziemlich das Langweiligste, was man sich vorstellen kann. Ich spielte an meinem Smartphone herum, immer mit der Frage im Kopf, was ich eigentlich genau hier wollte. Dass mein Mann mich belog, war klar, ich hatte ihn jetzt bereits zwei Mal der Lüge überführt. Wieso konfrontierte ich ihn nicht einfach mit meinen Erkenntnissen? Es war wohl eine Art Masochismus, der mich befallen hatte. Ich sagte mir, dass ich herausfinden wollte, was er tatsächlich trieb und vor allem wann, wo und mit wem. Denn dass er mir Storys erzählen würde, war klar. Wahrscheinlich hatte er an einem Abend nur ein Geburtstagsgeschenk für mich besorgt und im Tiergarten Siggi gerettet, der seine Geldbörse verloren hatte. Auf jeden Fall würde Andi mir nicht die Wahrheit sagen. Männer sagen nur die Wahrheit, wenn es sich gar nicht vermeiden lässt, denn die meisten Männer sind feige. Diese Erkenntnis stammt nicht nur von meiner Mutter, sondern entspricht auch meiner geballten Lebenserfahrung. Andi war ein Schatz, aber unangenehme Dinge erzählte er lieber gar nicht, und wenn er etwas Dummes angestellt hatte, wie zum Beispiel meine Lieblingsvase herunterzuschmeißen – das einzige Erbstück von meiner geliebten Tante –, dann erinnerten seine Erklärungen an die Notlügen eines Siebenjährigen. Naiv und hundert Prozent realitätsbefreit.

Kurz vor zehn kam Andi aus dem Clubhaus. Ich wartete darauf, dass er sich in seinen Volvo setzen würde, aber er blieb auf den Stufen stehen. Als ein Taxi auf den Parkplatz einbog, wusste ich auch warum. Wahrscheinlich hatte Andi bereits zu viel getrunken, um selbst Auto zu fahren. Oder hatte er ein Verhältnis mit einem Taxifahrer? Langsam schloss ich nichts mehr aus bei meinem Mann.

Als Andi hinten in die Taxe stieg, machte ich mich bereit, ihm zu folgen. Ich hoffte, dass er nicht in das Gewühle der Innenstadt fahren wollte, denn dort würde es schwer sein, ihn angesichts der unzähligen Taxis nicht zu verlieren. Vorsichtshalber merkte ich mir die Nummer: B-DR 2074, die Taxinummer 245 und die Marke, ein Honda SUV. Wenigstens war das Auto ein wenig größer, so dass es die Kompaktwagen in der Höhe überragte.

Ich startete also meinen geliehenen Mercedes und fuhr langsam hinter dem SUV hinterher. Wie ich vermutet hatte, bog der Wagen sofort auf die Avus ab.

Hoffentlich fährt er nicht wieder zum Tiergarten, dachte ich. Nicht für Geld und gute Worte wäre ich ihm in der Dunkelheit zu dem Toilettenhäuschen gefolgt, was man, wie ich inzwischen recherchiert hatte, wohl „Klappe“ nannte.

Doch der Wagen scherte an der Ausfahrt Messedamm aus. Können diese Taxifahrer eigentlich nicht früh genug blinken? Oder hatte Andi sich im letzten Moment umentschieden?

Ich hatte Glück, dass die Autobahn um diese späte Stunde so gut wie leer war, so dass ich noch die Kurve bekam und dem SUV folgen konnte. An der Kreuzung Kantstraße hielt ich direkt hinter dem Fahrzeug an der Ampel auf der Rechtsabbiegerspur.

Der Taxifahrer hatte es offensichtlich eilig, denn statt der vorgeschriebenen fünfzig brauste er mit siebzig Sachen die Kantstraße entlang. Noch war die Fahrbahn relativ leer, so dass ich gut hinterherkam, aber je näher wir dem Savignyplatz kamen, desto voller wurde sie. Horden von Nachtbummlern stärkten sich in den vielen Asia-Restaurants, die sich hier in den letzten Jahren niedergelassen hatten, für eine lange Nacht. Mal sehen, dachte ich, wie lang unsere Nacht werden sollte.

Am Theater des Westens setzte sich der Wagen vor mir wiederum auf die Rechtsabbiegerspur, jetzt wurde es kompliziert, denn es drängelten sich gleich zwei Autos zwischen uns, als ich ebenfalls rechts in die Joachimsthaler Straße abbiegen wollte. Wir kreuzten den Kurfürstendamm, und als der SUV links in die Lietzenburger Straße einbog, bekam ich eine Ahnung, wohin Andi wollte. Meine Vermutung bestätigte sich, als er in die Martin-Luther-Straße fuhr: Mein Mann wollte in das Lieblingsquartier der Gay-Community in Berlin, die Motzstraße. Und richtig, das Taxi hielt vor einem Laden an der Ecke

Eisenacher Straße mit der Aufschrift „Tom's". Vor der Bar standen mehrere Männer rauchend auf dem Bürgersteig, einer quatschte meinen Mann von der Seite an – oder begrüßte er ihn einfach, weil sie einander kannten? Ich rollte langsam an der Bar vorbei, hier ein Parkplatz zu finden, war in etwa so aussichtsreich wie auf einen Lottogewinn zu hoffen. Außerdem, wozu? Um darauf zu warten, wann Andi herauskommen würde? Ob er jemanden dort kennengelernt hätte und abschleppen würde? Ich fuhr eine Ehrenrunde um den Block, aber nicht nur die erlaubten Parkplätze waren besetzt, auch alle möglichen illegalen Lücken waren zugestellt, man stand auf dem Bürgersteig ebenso wie auf weißen Streifen. Eben typisch Berlin.

Nico, sagte ich mir, was soll der Quatsch eigentlich, dein Mann steht auch auf Männer, und er begibt sich an Orte, an denen er Männer kennenlernt. Ich fuhr also nach Hause. Zutiefst frustriert. Was hatte ich mir nur dabei gedacht? Nun, zumindest wusste ich jetzt, dass er offensichtlich nicht fest mit einem anderen Mann liiert war, das hätte ich, glaube ich, nicht ertragen.

Zu Hause googelte ich *Tom's Bar*. Au weia! Das war nicht einfach eine Schwulenbar, *Tom's* hatte einen Darkroom, in dem es wohl heftig zur Sache ging, wie mir die Bilder auf der Website mit kleinen Gucklöchern überdeutlich sagten. Ich schaltete meinen Computer aus und stieg unter die Dusche. Nach einer halben Stunde war meine Haut aufgeweicht, aber der Dreck schien immer noch an mir zu kleben. Ich fühlte mich schmutzig. Also schlich ich in mein Bett und lauschte in die Dunkelheit, ob Andi endlich nach Hause käme. Es war kurz nach zwei, als er schließlich auftauchte. Ich tat so, als hätte ich ihn nicht gehört.

Beobachtungen

Es war ein immer noch warmer Dienstagabend Anfang September. Ich hatte inzwischen zwar eine ungefähre Ahnung, was Andi trieb, wenn er angeblich im Tennisclub war. Aber es war wie mit Zahnschmerzen, man geht immer wieder mit der Zunge an den puckernden Zahn, obwohl man weiß, dass es wehtut und die Diagnose lauten wird: Der muss raus.

Andi hatte sich nach der *Tagesschau* aufgemacht in den Tennisclub. Ich war darauf vorbereitet, ihm zu folgen, der Mietwagen parkte um die Ecke. Meinen hellblonden Kurzhaarschnitt hatte ich unter einem Basecap mit braunem Haarteil verborgen, das ich bei Amazon unter Faschingsartikeln gefunden hatte. Damit würde mich mein Mann nicht mal erkennen, wenn ich ihm auf der Straße direkt entgegenkäme.

Und so setzte ich mich mit dem Mietwagen sehr schnell hinter seinen Volvo, ich brauchte nur zu warten, bis er aus unserer Tiefgarage fuhr. Er fuhr direkt Richtung Tennisclub.

Aber der blaue Volvo rollte langsam an der Einfahrt zu den Kängurus vorbei und weiter unter die Autobahnbrücke. Dort bog Andi auf die Autobahn Richtung Potsdam/Magdeburg ein. Wohin wollte er? Ich folgte ihm auf die A 115, wo ich ihn beim Einordnen in den fließenden Verkehr erst mal verlor, weil mir zwei Lastwagen die Sicht nahmen. Ich gab Gas, setzte mich auf die linke Spur und fand meinen Mann wieder. Problemlos hängte ich mich an ihn dran. Um diese Zeit war die Autobahn nicht so voll, dass ich mich nicht ein paar Wagen hinter ihm einordnen konnte. Als er sich auf die A 10 einfädelte, wurde der Verkehr ein bisschen stärker.

Ich saß völlig verkrampft hinter dem Steuer, am liebsten hätte ich eine Zigarette geraucht, aber das Rauchen hatte ich bereits vor acht Jahren aufgegeben.

An der Ausfahrt Ferch/Neuseddin verließ Andreas die Autobahn und fuhr weiter Richtung Michendorf.

Meine Kopfhaut schwitzte unter dem warmen Basecap, die falschen langen Haare kratzten am Hals und waren bereits ganz feucht, obwohl ich die Klimaanlage voll aufgedreht hatte.

Ich ließ mich ein wenig zurückfallen, denn jetzt war ich mit ihm allein auf der Straße. Am Bahnhof Lienewitz setzte sich ein VW Polo in einem Kreisverkehr zwischen uns, ich sah, dass Andi rechts abbog in Richtung Am Lienewitzsee.

Lienewitzsee? Ich hatte von diesem See noch nie etwas gehört, das Navi in dem Mietwagen zeigte mir zwei Seen an, den Kleinen und den Großen Lienewitzsee, ganz in der Nähe vom Schwielowsee, wo ich mit Andi öfter gewesen bin.

Immer wieder musste ich mir die Hände an meinen Jeans abwischen, ich war so aufgeregt und auch ein bisschen ängstlich, dass Andi mich entdecken würde.

Nach einer Umleitung endete die Asphaltstraße plötzlich in einem Wald und wurde zum Sandweg. Und jetzt? Andi parkte seinen Volvo, noch bevor er den Sandweg erreichte. Rechts und links vom Weg standen in großen Abständen ein paar Autos. Was machten die hier, im unbeleuchteten Wald am Abend?

Was sollte ich tun? Ich konnte ja schlecht neben Andi oder in Sichtweite halten. Also fuhr ich einfach weiter in den Wald hinein, immer geradeaus auf diesem Sandweg mit den tiefen Schlaglöchern. Gott sei Dank hatte es in den vergangenen Wochen nicht geregnet, der Sandboden war knochentrocken und staubte.

Ein paar Meter vom Weg entfernt war in der Dunkelheit eine idyllische Bucht zu erahnen. Der Zugang zum See war rechts und links mit hohem Schilf zugewachsen. Auf der anderen Seite des Weges breitete sich tiefschwarzer Kiefernwald aus. Ich fühlte mich wie Rotkäppchen auf dem Weg zum bösen Wolf. Nur das Körbchen mit Proviant fehlte.

In der Ferne sah ich Lichter von Häusern glitzern, ein Wagen näherte sich mit schwankenden Scheinwerfern.

Was konnte ich tun? Umkehren oder weiter geradeaus fahren? Wenn ich wissen wollte, was Andi hier trieb, musste ich zurück.

Aber der Sandweg war zu schmal zum Wenden, es hätte auch viel zu viel Lärm verursacht. Ich hatte die Fenster heruntergekurbelt. Von Ferne hörte man das Brausen der

Autobahn, der Wagen, der sich näherte und dessen Scheinwerfer ich immer wieder im Dunklen zwischen Bäumen aufblitzen sah, machte so viel Lärm wie ein Panzer, der sich durch den Wald fräste.

Ich sah nur eine Möglichkeit, ich musste ebenfalls parken und den Rest im Schutze der Dunkelheit zu Fuß erledigen. Nun bin ich weder ein mutiger Mensch noch lebensmüde, ich hatte Angst in diesem dunklen Wald, der immerhin nicht ganz menschenleer war. Also steuerte ich den Wagen an den Rand, ebenso wie Andi es ein paar hundert Meter auf dem Asphaltweg vor mir getan hatte, und schaltete den Motor aus. Als meine Scheinwerfer erloschen, hatte ich das Gefühl, in ein Grab zu fallen.

Ich wollte nach meinem Smartphone greifen, da fiel mir siedend heiß ein, dass ich es zu Hause in der Eile vergessen hatte, wo ich es „zur Sicherheit" noch mal an den Strom gehängt hatte. Verdammt, so konnte ich noch nicht einmal Fotos machen, mit denen ich Andi konfrontieren konnte, geschweige denn das Handy als Taschenlampe nutzen. Ich schalt mich eine blöde Kuh und überlegte, ob ich umkehren sollte. Aber nun war ich schon so weit gekommen, jetzt wollte ich auch den Rest sehen, wobei es im Moment so gut wie nichts zu sehen gab.

Doch nach einer Weile hatten sich meine Augen an die Dunkelheit gewöhnt, und ich stellte fest, dass der fast volle Mond genug Licht spendete, um immerhin den Weg und die Umrisse der Bäume erkennen zu können.

Ich wartete, bis die tanzenden Lichter, die ich in der Ferne habe auf mich zukommen sehen, an mir vorbeifuhren.

Nachdem der Jeep die nächste Kurve passiert hatte, verließ ich den Wagen und schloss, so leise es ging, die Tür. Meine Füße machten kein Geräusch auf dem märkischen Sandboden, so dass ich gut vorankam, ohne Angst zu haben, dass man mich meilenweit hören könnte. Als ich an die Badestelle kam, die ich auf der Hinfahrt passiert hatte, hörte ich ein Stöhnen. Ich versteckte mich hinter einer Kiefer und sah mich um. Dunkle Umrisse eines Haufens, der sich im Mondlicht bewegte, sagten mir, dass sich ein Pärchen auf der Wiese unter einer Decke vergnügte. Die Liegewiese schien also ein Treffpunkt für Liebespaare zu sein. Ich entspannte mich ein wenig. Ob es meinen Mann dorthin zog?

Ich mäanderte von Baum zu Baum – gab es hier Schlangen? Ringelnattern ganz bestimmt.

Aber meine Neugier siegte, ich arbeitete mich weiter vor, bis ich auf dem Weg einen Lichtschein sah. Der Lichtschein schien näher zu kommen. Dann hörte ich Stimmen. Andi. Die Stimme meines Mannes würde ich aus Tausenden von Stimmen heraus erkennen. Ich schlich weiter vorwärts. Der irrlichternde Schein der Taschenlampe war jetzt näher am See zu sehen, ich erkannte im Mondlicht eine winzige Bucht, verborgen hinter Büschen und einem weit ins Wasser ragenden Baum. Und ich sah zwei Männer, die offensichtlich zum See gingen und sich leise unterhielten. Einer der beiden Männer war mein Mann. Allerdings sahen die Männer nicht so aus, als ob sie sich kannten oder ein Liebespaar wären, sie sahen eher aus wie zwei Menschen, die sich soeben getroffen hatten und ein Geschäft abschlossen. Ich drückte mich näher an den rauen Stamm einer Kiefer. Die beiden redeten miteinander, sonst passierte nichts. Ein weiterer Wagen fuhr auf dem Sandweg ganz nah an mir vorbei. Die beiden Männer in der Badebucht sahen sich nach dem Fahrzeug um. Hatten sie mich gesehen? Offensichtlich nicht.

Da öffnete Andi seine Hose. Der Fremde stand ganz nah vor Andi und schaute in Andis Unterhose. Er lachte leise.

Ich spürte, wie mir die saure Galle den Rachen hochstieg. Jetzt bloß nicht kotzen, Nico!, sagte ich mir. Ich wollte nicht entdeckt werden, ich wollte alles sehen, die ganze schreckliche Wahrheit.

Natürlich war mir klar, dass ich dieses Bild von den zwei Männern im Mondlicht niemals mehr würde aus meinem Gedächtnis löschen können, dass ich jedes Mal, wenn ich mit meinem Mann ins Bett gehen würde, dieses Bild vor Augen hätte. Aber irgendetwas in mir zwang mich, zuzuschauen, dazubleiben, teilzuhaben. Andi sagte etwas zu dem Mann, der sich jetzt die Schuhe und die Hose auszog. Auch Andi streifte seine Schuhe ab und zog Hose und Unterhose aus.

Die Eichel seines erigierten Penis glänzte im Mondlicht, während er sein Hemd auszog. Der Fremde ging auf die Knie und griff nach Andis Geschlechtsteil. Ich hörte das mir so bekannte leise Aufstöhnen, als der fremde Mann das in den Mund nahm, was ich bisher als mein Duplo, die längste Praline der Welt, bezeichnet hatte. Andi legte den Kopf in den Nacken und ließ sich von dem vor ihm im Sand knienden Fremden verwöhnen. Doch dann stoppte er und riss den Mann an den Armen hoch. „Los, dreh dich um“, befahl er, der Mann gehorchte. Er fasste den Fremden von hinten und trieb ihn mit seinem harten Penis Richtung Wasser.

„Los, fick mich“, sagte der Mann. Seine Stimme klang aufgeregt.

„Noch nicht.“ Was hatte Andi vor? Ich sah, wie er sich bückte und etwas aus seiner Sporttasche zog, die er im Sand abgelegt hatte. Ein Kondom? Nein, es war größer.

„Komm, dreh dich um, auf die Knie. Sofort!“

Andi hatte den Ton eines Feldwebels. Der Mann gehorchte, ich hörte seinen schnellen Atem, er griff nach dem Geschlechtsteil meines Mannes und wollte es wieder in den Mund nehmen. Ich war wie paralysiert, ich konnte mich nicht bewegen. Und dann sah ich, was mein Mann in der Hand hielt.

Ein Schrei blieb mir in der Kehle stecken, ich wollte nach vorn stürzen, Andi abhalten.

Es war alles so schnell gegangen, viel zu schnell. Bis ich kapiert hatte, was Andi dem Fremden an die Stirn hielt, war es bereits zu spät gewesen.

Es war nicht viel zu hören gewesen, nicht mehr als ein leises Plopp. Der Kopf des Mannes wurde nach hinten geschleudert. Ich sah im Mondlicht, wie ein Schwall Gehirnmasse austrat, dann kippte der Körper des Mannes nach rechts. Ich hörte, wie Andi aufschluchzte. Oder war es ein unterdrücktes Stöhnen? Oh Gott! Mein Mann hatte einen Orgasmus, er ergoss sich in ein Taschentuch, während das Leben aus dem Körper des fremden Mannes wich.

Hektisch blickte er sich um, während er sich säuberte. Sah er mich hinter dem Baum, hatte Andi gespürt, dass er beobachtet worden war? Ich hielt den Atem an. Andi bückte sich. Ich atmete langsam aus. Nein, er hatte mich offensichtlich nicht gehört. Er lief um den reglosen Körper herum, suchte vermutlich die Patrone. Als er sie gefunden hatte, verstaute er seine Waffe – eine Pistole oder ein Revolver, das vermochte ich nicht zu erkennen – wieder in der Sporttasche. Dann zog er den toten Mann weiter ins Wasser. Das war gar nicht so einfach, der Mann schien schwer zu sein, ich hörte Andi leise stöhnen vor Anstrengung.

Als der Körper endlich im Wasser lag, schwamm Andi noch ein Stück weiter mit dem Mann hinaus und ein wenig beiseite, bis der Körper vom Ufer aus hinter dem Schilf nicht mehr zu sehen war. Dann schwamm er zurück ans Ufer, klaubte die Sachen des Fremden zusammen, machte ein Bündel daraus und schwamm damit erneut nach draußen.

Ich zitterte am ganzen Leib. Hatte ich das eben wirklich erlebt, oder war das ein Albtraum, aus dem ich gleich erwachen würde? Ich hielt mich immer noch an den Baumstamm geklammert, aber ich sah, wie mein Mann zum Ufer zurückschwamm. Ich musste hier weg, und zwar schnell. Rückwärts laufend, immer Andi im Blick, trat ich den Rückzug an. Bevor er aus dem Wasser stieg, drehte ich mich in der Dunkelheit um und lief wie von tausend Hunden gehetzt zu meinem Wagen. Dabei stolperte ich mehr, als ich rannte, ich fiel zweimal hin, es war, als hätte ich dem Teufel in den Rachen geblickt. Der Autoschlüssel fiel mir dreimal herunter, ich fand kaum das Schloss. Aber ich musste weg, was, wenn Andi mich gesehen oder gehört hatte? Würde er mich auch erschießen? Natürlich würde er mich erschießen, er konnte keinen Zeugen am Leben lassen, und er würde mich mit diesem albernen Karnevalsbasecap auch nicht als seine Frau erkennen.

Endlich konnte ich den Motor starten, nur um ihn gleich wieder abzuwürgen. Verdammt. Noch mal. Ich legte aus Versehen den Rückwärtsgang ein und wäre um ein Haar gegen einen Baum gedonnert. Mit durchdrehenden Rädern kam ich auf den Sandweg, und dann gab ich einfach nur Gas. Ich jagte wie der Henker geradeaus, immer wieder Blicke in den Rückspiegel werfend. Wurde ich verfolgt? Andi muss gehört haben, dass ein Auto losgefahren war, just in dem Moment, in dem er aus dem Wasser stieg.

Aber ich sah kein Licht, das mir folgte, hörte keinen Wagen, der sich mir näherte. Bitte, bitte, bitte, schluchzte ich – oder betete ich? Und wenn ja, zu wem? Ich plapperte einfach vor mich hin wie ein kleines Kind, das Angst im Dunklen hat. Geradeaus, einfach nur geradeaus, ich wusste nicht, wohin dieser Weg führte.

Er führte einmal um den See herum. Als ich endlich wieder auf dem Asphalt landete und niemanden im Rückspiegel sah, war es, als wären mir die Rocky Mountains vom Herzen gerollt. Aber nur für einen Moment, denn kurz vor dem Kreisverkehr sah ich, dass ein blauer Volvo am Straßenrand hielt. Oh Gott! Hatte er mich doch gehört? Hatte er auf mich gewartet? Wusste er, dass man wieder zurück auf den Kreisverkehr kam, wenn man die

Straße geradeaus fuhr? Ich umklammerte das Lenkrad und fuhr in normaler Geschwindigkeit an dem blauen Volvo vorbei. Natürlich traute ich mich nicht, ihn anzublicken, ich schaute stur geradeaus, tat so, als würde ich etwas im Radio suchen, bog in den Kreisverkehr ein und hatte nur Augen für den Rückspiegel. Der Volvo setzte sich hinter mich. Nicht drängelnd, nicht fordernd, sondern in gebührendem Abstand. Was sollte ich tun? Ich musste unbedingt in belebtere Gegenden kommen, hier war es um diese Abendstunde so leer wie auf dem Zentralfriedhof von New York.

Ich fuhr also Richtung Autobahn und überlegte fieberhaft, ob ich weiter Richtung Beelitz fahren sollte oder zurück nach Berlin. Ich entschied mich für die Autobahnabfahrt Richtung Berlin, hier konnte ich einen Verfolger am ehesten loswerden. Im Rückspiegel sah ich, dass der Volvo mir weiterhin folgte.

Was sollte ich tun, wohin mich wenden? Ich konnte ja schlecht nach Hause fahren, das Basecap abnehmen und sagen: *Hi Schatz, wie war dein Abend?*

Die Jagd

Ich fuhr wie ein Henker. Der Volvo blieb hinter mir. In einer Kurve kam ich ins Schleudern und hätte fast die Kontrolle über das Auto verloren. Mit zitternden Knien reihte ich mich rechts ein und verlangsamte die Fahrt. Puh, das wäre fast schiefgegangen. Was machte der blaue Volvo?

Ich hatte mich auf die Beherrschung des für mich fremden Wagens konzentriert, deshalb schaute ich erst jetzt wieder in den Rückspiegel. Hinter mir fuhr ein weißer Lieferwagen. Im Seitenspiegel sah ich ebenfalls keinen Volvo. Ich hatte einen Mercedes gemietet, nicht wissend, wie leicht die Karre mit der Hinterseite wegrutschte. Das war ich weder vom Hyundai noch vom Volvo gewohnt. Dafür konnte ich mit dem Mercedes schneller fahren. Sollte ich noch mal das Gaspedal durchdrücken? Oder hatte mich der Volvo bereits überholt und wartete ein paar Autos vor mir darauf, dass ich wieder auf die Überholspur wechselte? Dieser Lieferwagen in meinem Rückspiegel war so breit, dass man hinter ihm nichts sehen konnte.

Ich beschloss, die entspannte Geschwindigkeit beizubehalten. Die Frage war ja: Wohin sollte ich fahren? Geradewegs zur Polizei? Das war mein erster Impuls. Aber ich hatte keinen Beweis, weil ich mein Handy zu Hause hatte liegen lassen. Wozu brauchst du einen Beweis? Fahr zur Polizei und sage: Mein Mann hat getötet, sucht die Leiche, durchsucht ihn, er wird sicher eine Pistole irgendwo versteckt haben, raunte mir meine innere Stimme zu. Und dann? Scheiße, scheiße, scheiße. So ging das nicht. Ich konnte doch nicht den Mann anzeigen, mit dem ich die letzten fünfzehn Jahre glücklich gelebt hatte. Den Mann, den ich liebte. Aber das ist deine einzige Chance, wenn er erfährt, dass du ihn beobachtet hast, wird er dich auch umbringen, er muss dich umbringen, du bist eine Zeugin. Dann würde er die Tatwaffe verschwinden lassen, und kein Mensch würde ihn mit der Tat in Verbindung bringen.

Hunderte von Krimis, die ich im Fernsehen gesehen hatte, schossen mir durch den Kopf. Was war mit DNA-Spuren? Deshalb hatte er wohl die Leiche im Wasser entsorgt. Und Spuren am Strand? Es war so furztrocken, dass er garantiert keine Fußspuren hinterlassen hatte, ein Windstoß würde genügen, um jede Spur zu verwischen.

Den Wagen hatte er auf der Asphaltstraße stehen lassen, und selbst mit dem Smartphone würde man ihn nicht orten können. War das der Grund, warum er grundsätzlich kein Smartphone mitnahm, wenn er in den Club ging? „Ich brauche ein paar Stunden Auszeit in der Woche, da will ich einfach nicht erreicht werden“, klang es mir noch in den Ohren.

Hatte Andi das etwa schon öfter getan? Oh Gott, war etwa Andi der seit Jahren gesuchte Homomörder?

„Der war wahrscheinlich richtig heiß, als er kaltgemacht

wurde", hatte Andi über eines der Opfer gesagt, als wir einen Bericht im Fernsehen gesehen hatten. Ich hatte mich noch über seinen Zynismus gewundert. Seine damalige Antwort verursachte mir erneut Gänsehaut. Um Himmels willen, war ich mit einem Serienmörder verheiratet? Das Blut sauste mir in den Ohren, Speichel sammelte sich erneut in meinem Mund. Nein, ich würde nicht für Geld und gute Worte auf irgendeinen verlassenen Rastplatz fahren und versuchen, wieder zu mir zu kommen. Meine Angst, von ihm gestellt zu werden, war viel zu groß. Also schluckte ich den Speichel herunter und konzentrierte mich aufs Fahren. Ich musste diesen Lieferwagen in meinem Rückspiegel loswerden, der verstellte mir die ganze Sicht. Deshalb reduzierte ich noch mehr das Gas. Endlich überholte mich der weiße Kastenwagen. Dahinter kam eine goldglänzende Limousine in meinen Blick, gefolgt von einem schwarzen Pick-up. Wenn Andi mich verfolgte, hatte er sich sehr weit zurückfallen lassen.

Hinter der Ausfahrt Saarmund gab ich Gas, setzte den Blinker und wechselte auf die Überholspur. Dort drückte ich das Gaspedal bis zum Anschlag durch, der Wagen ging ab wie eine Rakete. Im Rückspiegel sah ich, dass einige Autos hinter mir ein dunkler Wagen ausscherte. War das unser Volvo? Ich musste mich in Sicherheit bringen. Nur wo, wohin sollte ich fahren? Auf das Polizeirevier in Nikolassee? Aber die waren doch gar nicht zuständig in Brandenburg. Vielleicht doch eher zur Polizei nach Potsdam?

Ich hatte allerdings keinen blassen Schimmer, wo ich

in Potsdam ein Polizeirevier finden sollte. Hau ab in eine Gegend, in der du dich auskennst. Ich passierte die Ausfahrt Potsdam-Drewitz. Sollte ich hier raus? Spontan entschied ich mich, weiter auf der Autobahn zu bleiben, ich fuhr mit aufgeblendeten Scheinwerfern, drängelte alle, die vor mir auf der linken Spur fuhren, mit der Lichthupe von der Fahrbahn. Soweit ich das im Rückspiegel beurteilen konnte, wurde ich nicht von einem blauen Volvo verfolgt. Potsdam-Babelsberg? Nein. So schnell ich auch fuhr, je näher ich Berlin kam, desto unentschlossener wurde ich. Ja, ich hatte Angst, dass Andi mich abknallen würde. Natürlich würde er mich kaltmachen, solange ich dieses dämliche Basecap trug. Andi hätte keine Skrupel, eine Zeugin zu eliminieren, aber er würde ganz sicher nicht mich umbringen. Ich musste das Teil loswerden, so einfach war das. Die Ausfahrt Kleinmachnow kam in Sicht. Ich verlangsamte die Fahrt, zog nach rechts, ohne zu blinken. Als die Autobahnausfahrt fast schon vorbei war, schaute ich in den Seitenspiegel, hielt die Luft an und riss das Steuer herum. Mit quietschenden Reifen schleuderte ich über die weißen Streifen in die Autobahnausfahrt hinein, da ich in der Kurve auch noch heftig bremsen musste, stand der Wagen fast quer auf der Straße, ich musste stark gegensteuern, damit das Heck nicht in der Leitplanke landete.

Zum Glück war niemand direkt hinter, sonst wären das wohl meine letzten Sekunden gewesen. Nachdem ich das Fahrzeug wieder in die Spur gebracht hatte, fuhr ich langsam weiter geradeaus. Als ich hinter der Kurve in den Rückspiegel schaute, blieb mir fast das Herz stehen. Andi war direkt hinter mir. Ich riss mir das Basecap vom Kopf und lenkte den Wagen weiter bis zur Kreuzung. Zu meinem Pech schaltete die Ampel auf Rot. Der blaue Volvo kam direkt hinter mir zum Stehen. Ich schaute rechts, ich schaute links, aber ein Entkommen war aussichtslos, von beiden Seiten näherten sich Fahrzeuge. Als ich hektisch in den Seitenspiegel blickte, sah ich, wie Andi sich zu Fuß dem Mercedes näherte. *Hilfe!*

Er bückte sich und schaute in den Wagen. „Sind Sie lebensmüde oder betrunken?“, fragte er. Und dann: „Nico?“ Ungläubig starrte er mich an. Ich blickte weg, ich schaffte es nicht, meinem Mann in die Augen zu schauen. „Nico, was machst du denn hier? Bist du verrückt geworden?“

Ich schüttelte den Kopf, mir liefen die Tränen herunter. „Nein, nein, nein“, murmelte ich vor mich hin.

Andi öffnete die Tür. „Nico, Schätzchen, was ist denn los, was machst du in diesem Auto?“

Die Ampel schaltete auf Grün, das wäre der Moment gewesen, um abzuhauen. Stattdessen brach ich heulend über dem Steuerrad zusammen.

„Nico, Liebling, du musst von der Kreuzung runter. Komm, fahr wenigstens über die Kreuzung und halte dort drüben“, sagte er in einem Ton, als hätte ich mir beim Brotschneiden den Finger geritzt und er wollte mir ein Pflaster drauf kleben.

Ich konnte nicht mehr. Ich war am Ende, es war mir gleichgültig, ob er mich erschießen würde, ob mich jemand rammen würde, ob die Polizei mich in Gewahrsam nahm oder was auch immer passieren konnte, ich war nur noch fertig.

Andi merkte, dass ich nicht mehr konnte, zog mich aus dem Auto und verfrachtete mich auf den Rücksitz. Dabei murmelte er beruhigende Worte, die ich zwar hörte, die aber meinen Kopf nicht erreichten. Mein Mann setzte sich ans Steuer und fuhr den Mercedes über die Kreuzung und parkte ihn gegenüber. Davon bekam ich so gut wie nichts mit, er muss danach wohl unseren Volvo von der Kreuzung geholt haben. Ich hörte das Hupen der Autos, aber ich war unfähig, mich zu bewegen. Er trug mich aus dem Mercedes und schleifte mich in unseren Volvo. Ich zitterte unkontrolliert am ganzen Leib, ich konnte gar nicht mehr aufhören.

Andi brachte mich nach Hause, fuhr in die Tiefgarage und schob mich nach oben in unsere Wohnung, wo er mich auf die Couch legte.

Ich habe von alldem nur wenig mitbekommen. Ich schätze, ich hatte einen veritablen Nervenzusammenbruch. Andi ging in die Küche und kochte mir einen heißen Tee mit Honig, den er mir schlückchenweise einflößte.

Merkwürdigerweise spürte ich gar nichts mehr. Keine Angst, keine Verzweiflung, keine Unsicherheit. Es war, als hätte ich einen Schalter umgelegt und meine Gefühle ausgeschaltet.

Vielleicht ist unser Körper auch einfach schlauer als wir. Wenn wir etwas Traumatisches erleben, scheint sich irgendetwas abzuspalten. Jedenfalls fühlte ich nichts mehr außer dem heißen Tee in meinem Magen und die Süße des Honigs. Er schaute mich mit seinen lieben Augen besorgt an, strich mir über meine schweißnassen Haare, so dass ich langsam aufhörte zu zittern.

Er bettete meinen Kopf auf ein Kissen, breitete unsere Decke über mich aus und blieb neben mir auf dem Boden sitzen.

„Mein armer Schatz", sagte er. „Was hast du dir nur dabei gedacht?"

Die Frage erreichte meine Ohren, aber noch immer kam in meinem Gehirn nichts an. Ich schüttelte nur den Kopf. Sprechen konnte ich nicht, weinen konnte ich auch nicht mehr, die Tränen waren versiegt.

Andi nahm meine Hand, streichelte und küsste sie. „Mein armer, armer Liebling." Seine Stimme war sanft, einschmeichelnd, ich wollte für immer so liegen bleiben, beschützt und behütet von meinem Mann. Ich wollte neben ihm einschlafen und nie wieder aufwachen.

Er legte die Stirn an meinen Arm und weinte. „Es tut mir so leid, Nico, es tut mir so unendlich leid."

Ich war noch nicht bereit zum Reden. „Lass uns schlafen gehen", sagte ich. Ich war todmüde.

Andi trug mich ins Bett, und wir schliefen Arm in Arm ein.

Das Geständnis

Mitten in der Nacht schreckte ich hoch. Was für ein entsetzlicher Albtraum. Ich sah draußen langsam die Sonne aufgehen, wir wollten uns seit Jahren lichtdichte Gardinen für das Schlafzimmer anschaffen. Andi lag dicht an mich gekuschelt, aber er schien nicht zu schlafen. Langsam tröpfelte das Geschehen des Abends in mein Gehirn. Das war kein Albtraum gewesen, das war bittere Realität. Und jetzt?

„Bist du wach?", fragte ich ihn.

„Ja."

„Wieso hast du das getan?", fragte ich. Das war die einzige Frage, die ich hatte. Eine andere fiel mir nicht ein.

Er schwieg. Lange. Am liebsten hätte ich mich aufgesetzt und geschrien: *Warum?*

Nach einer Weile sagte er dann doch etwas. „Ich weiß es nicht."

„Was heißt, du weißt es nicht? Du musst dir doch etwas dabei gedacht haben?"

Ich spürte, dass er den Kopf schüttelte. „Nein."

„Was heißt nein, Andi, du hast einen Menschen kaltblütig ermordet! Du musst dir dabei doch etwas gedacht haben!"

Wieder fing Andi an zu weinen.

Ich war fünfzehn Jahre mit diesem Mann verheiratet, ich habe ihn nie zuvor weinen gesehen. „Nein, was soll ich dir sonst dazu sagen."

„Aber du hast eine Pistole dabeigehabt, du musst das doch geplant haben."

Andi klammerte sich an mich wie ein Ertrinkender. „Nico, bitte, hilf mir."

„Wie soll ich dir helfen, Andi, dir ist nicht mehr zu helfen. Du hast einen Menschen umgebracht. Einfach so. Und du weißt nicht mal, warum?"

„Nein."

„Seit wann stehst du auf Männer?" Das war die zweite Frage, die ich hatte.

„Ich … ich weiß es nicht."

Herrgott, am liebsten hätte ich den Mann geschüttelt und gewürgt. „Was heißt, du weißt es nicht, du musst doch wissen, wann du gemerkt hast, dass du auf Kerle stehst. War das vor oder nach unserer Hochzeit?"

„Dich trifft keine Schuld, Nico", sagte er.

Das war keine Antwort auf meine Frage. „Seit wann, ich habe ein Recht darauf, es zu erfahren. Bitte."

„Schon immer, glaube ich. Ich kann mich wirklich nicht entsinnen. Du kennst meine Familie, Nico, du weißt doch, was nicht sein darf …"

„Willst du mir damit sagen, dass du zwar wusstest, dass du auf Männer stehst, dich aber nicht getraut hast?"

„Ich habe es mir nicht eingestanden", schluchzte mein Mann und vergrub sich tiefer in meinen Arm.

„Hast du dich in mich verliebt, weil ich so, äh, so männlich aussehe?“

„Du bist der Deckel auf meinem Topf, Nico, ich liebe dich so sehr, dass es schmerzt. Wir gehören zusammen.“

„Weißt du, dass ich gestern Abend Angst hatte, dass du mich auch umbringst?“

„Nein, das hast du doch nicht im Ernst geglaubt. Nico, ich liebe dich so sehr, ich könnte dir niemals etwas antun. Bitte, das musst du mir glauben.“

„Wann warst du das erste Mal mit einem Mann zusammen?“

„Du meinst so richtig?“

„Ja, so richtig.“

„Ja, also, was verstehst du unter so richtig?“

„Wann hast du das erste Mal mit einem Mann geschlafen, was denn sonst?“

„Ich habe noch nie mit einem Mann geschlafen, ich meine, so richtig“, sagte Andi.

„Das verstehe ich nicht. Willst du mir vielleicht sagen, dass du den Mann umgebracht hast, weil du dich dagegen wehrst, schwul zu sein?“ Ich spürte selbst, dass das schrecklich nach Küchenpsychologie klang.

„Nein. Das stimmt auch nicht. Ich bin nicht schwul.“

„Was dann?“

„Ich … ich hasse es!“

„Was? Das Schwulsein?“

„Das Animalische.“

„Hasst du schwule Männer?“

„Ja. Nein!“

„Andi, du brauchst Hilfe!"

„Ja."

So kleinlaut und kläglich hatte ich meinen Mann noch nie erlebt. Das sollte der eiskalte Killer sein, den ich am Abend vorher beobachtet hatte?

„Wie viele?"

„Was?"

„Wie viele Männer hast du umgebracht?"

„Wieso?"

„Andi, du kannst mir doch nicht erzählen, dass das deine erste Tat war. Ausgerechnet an dem Tag, als deine Frau dir folgt."

„Wieso bist du mir überhaupt gefolgt?", fragte er.

„Ich habe die Fotos gefunden. Aus Marokko."

„Gott sei Dank."

Musste ich das verstehen? „Du wolltest, dass ich dich erwische?" Schon wieder diese Küchenpsychologie.

„Das Schlimmste für mich ist, ein Geheimnis vor dir zu haben."

Wer's glaubt, wird selig, dachte ich in dem Moment und musste wieder an Marrakesch denken.

„Und mit dem Kerl in Marokko hast du auch nicht rumgemacht, ja?"

„Ich habe doch nur Fotos gemacht, nur Fotos!"

„Also, wie viele Männer hast du erschossen?"

Ich spürte geradezu körperlich, wie er mit sich kämpfte. Vier, fünf oder sechs? Was machte das für einen Unterschied, mein Mann war der Homomörder, von dem ich in der Zeitung gelesen hatte. Wieder zuckte Andi die Schultern.

„Du weißt es nicht so genau?“ Das war eigentlich ironisch gemeint. Aber er nickte.

Was für eine bizarre Situation. Ich hielt meinen Mann fest im Arm, während er mir gestand, mehrfach gemordet zu haben. Es war diese körperliche Nähe, diese Vertrautheit, die mir die Angst nahm, obwohl ich ganz genau wusste, dass ich gerade mein Todesurteil unterschrieb. Ein Teil von mir liebte diesen Mann, der andere Teil wollte einfach nur die Wahrheit wissen.

„Das erste Mal. Erzähl mir, wie es war, als du das erste Mal mit einem Mann rumgemacht hast.“

Andi lag in meinen Armen und weinte wie ein kleines Kind. Am liebsten hätte ich ihn gestreichelt und ihm versprochen, dass alles wieder gut werden würde. Aber es würde nie wieder gut werden, das wussten wir beide. „Komm, erzähl mir alles. Meinst du nicht, dass ich ein Recht darauf habe? Ich will dich verstehen. Wann hat das angefangen bei dir?“

„Ich glaube, ich war so zwölf oder dreizehn. Da bin ich öfter im Sommer zu diesem Kiesteich in Neustadt geradelt. Irgendwann habe ich zwei Männer im Wald beobachtet.“

„Und das hast du aufregend gefunden“, vermutete ich. Ich sah meinen kleinen Andi hinter einem Baum stehen und vor Aufregung an seiner Hose rumspielen.

Andreas sagte nichts.

Um ihn zum Weitersprechen zu ermuntern, fragte ich: „Und da bist du dann öfter hingefahren. Nur zum Gucken?“

„Ja, es war, nun ja, es war verboten. Du weißt doch, wie es ist, wenn etwas verboten ist, wird es besonders reizvoll.“

„Und wann hast du es dann mit einem Kumpel selbst mal ausprobiert?"

„Ich habe es versucht. Ich habe versucht, einen Freund dazu zu überreden, mal mitzukommen in den Wald."

„Und das hat nicht geklappt?"

„Ich habe furchtbaren Ärger bekommen."

„Eltern, Schule oder was?"

„Nein, viel schlimmer. In meiner Clique hieß es plötzlich, ich sei schwul."

„Deine Eltern haben es nicht erfahren?"

„Oh doch, mein Vater."

„Was hat er gemacht?"

„Er hat mich zusammengeschlagen. Siehst du, hat er gesagt, so ist das, wenn man schwul ist und erwischt wird. Willst du das? Ich habe auf der Erde gelegen und gewinselt, er hat immer wieder mit dem Schuh zugetreten und geschrien: Willst du das! Willst du das wirklich!"

„Und deine Mutter?"

„Die wusste nichts davon. Wenn deine Mutter das wüsste, das würde sie umbringen, hat mein Vater gesagt."

„Das war für deinen Vater noch eine große Sache, oder?"

„Es war absolut unmöglich."

„Du dachtest auch an Mädchen, oder nur an Männer?"

„Ich dachte an Sex, von morgens bis abends. Wie alle Jungs in dem Alter. Dabei schien es genauso unmöglich, ein Mädchen dazu zu überreden, mit dir rumzumachen. Aber das wurde wenigstens nicht bestraft. Also habe ich mich um Mädchen bemüht und damit irgendwann Erfolg gehabt."

„Aber du hast immer auch an Männer gedacht?"

„In meiner Phantasie war Sex immer etwas Schmutziges, Animalisches, etwas, was man heimlich tun muss."

„Und als du erwachsen warst, hast du nie ausprobiert, mit einem Mann Sex zu haben?"

„Das hat mich nicht gereizt. Es war so wohlfeil, verstehst du, Schwulsein war normal geworden, vor allem hier in Berlin. In Bokeloh war das noch etwas ganz anderes."

„Gott sei Dank", sagte ich und dachte an all die armen Menschen, die ihre Sexualität so lange nicht offen ausleben durften. „Und seit wann bist du heimlich unterwegs?", fragte ich ihn.

„Das tue ich schon immer, habe ich doch gesagt, ich habe nie aufgehört."

„Willst du damit sagen, dass du das die ganze Zeit getan hast, während wir verheiratet waren? Von Anfang an? Wo zum Teufel hast du das gemacht? Bist du in den Tiergarten gefahren und hast die Stricher beobachtet, oder was?"

Andi nickte. Er weinte. In diesem Moment tat mir mein Mann leid, ich konnte mir vorstellen, wie dreckig man sich fühlen muss, wenn man sich angesichts eines Quickies mit einem Stricher hinter einem Baum einen runterholt.

„Verzeih mir, Nico, bitte, bitte, verzeih mir, ich habe dir doch nichts weggenommen, ich habe dich nie betrogen, nie, ich schwöre, bis, bis …"

„Bis was?"

„Bis damals, du warst bei deiner Mutter in Paris, entsinnst du dich noch, du hast ihr beim Umzug geholfen."

„Aber das war doch erst im letzten Jahr."

Da lässt man einmal in seinem Leben seinen Mann ein paar Tage allein, und schon ist die Katastrophe perfekt, dachte ich.

„Ich konnte nicht schlafen. Ich dachte an dich, an deine Mutter, ich war nervös. Und ich dachte an Sex."

Klar dachte er an Sex. Denn bei uns im Schlafzimmer war wegen unseres Kinderwunsches die Eiszeit ausgebrochen. Aber ich sprach es nicht aus.

„Also bist du losgezogen", sagte ich stattdessen.

„Ja, ich war unruhig, ich musste mich irgendwie entladen."

„Du bist in eine Schwulenbar gefahren?"

„Nein, ich wollte doch nur Sex, anonymen Sex, etwas Verbotenes, verstehst du? Nicht irgendeinen Mann, ich wollte Grenzen überwinden."

„Und dann bist du mitten in der Nacht losgefahren?", fragte ich. „Wohin?"

„Jagen 87", sagte er. Das war ein Gebiet im Grunewald, nicht sehr weit entfernt. „Ich wollte es schnell und am besten sofort."

„Ich dachte, da sei nichts mehr los. Früher standen da immer ganz viele Autos, aber in letzter Zeit ist da nur gähnende Leere."

„Ja", sagte er. „Genau so war es. Ich fuhr dorthin, und es war niemand da. Der Platz schien leer, ich drehte eine Ehrenrunde mit heruntergekurbelter Scheibe, aber es war wirklich nichts los. Ich war so enttäuscht, ich hätte schreien können. Was sollte ich jetzt tun, wohin konnte ich fahren? Plötzlich trat ein Mann aus der Dunkelheit und klopfte auf mein Dach. ‚Suchst du jemanden, der dich verwöhnt?', fragte er. Ich war so aufgeregt, ich konnte kaum sprechen. ‚Ja', sagte ich. Der Mann nickte. ‚Aber nicht hier, komm, mach die Tür auf, ich zeig dir einen Platz, wo wir uns ungestört vergnügen können.'"

„Du hast den Mann in unser Auto gelassen?"

„Ja. Er war schon älter, bestimmt über fünfzig. Er stieg ein, fasste mir in den Schritt und lachte. ‚Du hast es wohl eilig, soll ich dir den besten Platz überhaupt zeigen?', fragte er. Ich nickte nur. Wir fuhren einen Forstweg entlang, mitten hinein in den Grunewald. Während ich fuhr, massierte er mich, das war nicht ganz ungefährlich. Irgendwann sagte er: ‚Hier kannst du halten, hier kommt garantiert keine Polizei.'"

Ich hatte meinem Mann atemlos gelauscht. Irgendwie konnte ich mir nicht vorstellen, dass er neununddreißig Jahre alt werden konnte, ohne jemals etwas mit einem Mann angefangen zu haben.

Er verstummte. „Und dann?", fragte ich, um ihn zu bewegen, weiterzuerzählen.

„Und dann …" Andi fing erneut an zu weinen, er wurde richtig geschüttelt von einem Weinkrampf. Was musste das für eine Erinnerung sein, die ihn heute noch so erschütterte. Ich nahm ihn fester in den Arm, streichelte ihm über den Kopf. „Ist ja gut, mein Schatz, ist ja schon gut." Ich kam mir vor wie eine kranke Katze, die sich selbst mit ihrem Schnurren zu beruhigen versucht. „Erzähl weiter!"

Andi schüttelte den Kopf. „Ich, ich kann nicht …"

„Kannst du mir nicht erzählen, was in jener Nacht passiert

ist? Du brauchst dich doch nicht zu schämen. Schlimmer als das, was ich heute gesehen habe, kann es nicht werden."

Ein Schluchzen, das fast wie ein Lachen klang, drang aus seiner Kehle. „Er hat meine Hose geöffnet", sagte Andi. „Ich war komplett aufgelöst, ich war schon vorher so aufgeregt gewesen, aber das war, oh Mann, ich glaube, ich habe den halben Wagen vollgespritzt. Und er hörte nicht auf, ich meine, der Mann, er hörte nicht auf. ‚Komm raus, du Anfänger, ich will dich ficken', hat er gesagt, und ich bekam sofort wieder einen Ständer. Ich schloss mein Auto ab und folgte ihm in den Wald. Er …" Andis Worte gingen in ein lautes Schluchzen über.

Ich verstand keinen Ton mehr. „Was ist passiert, jetzt will ich alles wissen", sagte ich.

„Er knallte mich gegen einen Baum, ich riss mir die Hose herunter, und in dem Moment spürte ich etwas Kaltes an meinem …" Der Rest des Satzes ging in seinem Schluchzen unter.

Ich ließ ihn weinen. Andi wollte gar nicht mehr aufhören zu weinen.

„Er hat dich von hinten genommen?", fragte ich schließlich, weil ich wollte, dass er weitererzählt.

Andi schüttelte den Kopf. „Nein, nein, nicht so, wie du denkst."

„Sondern?"

„Er befahl mir, mich vor ihm hinzuknien."

„Er wollte, dass du es ihm mit dem Mund machst?"

„Er wollte mich …" Andi schluchzte jetzt so laut, dass ich Angst hatte, die Nachbarin könnte ihn hören.

„Was wollte er, Andi, was?"

Andi zitterte jetzt, als wäre ihm kalt.

„Erschießen, Nico, der Mann wollte mich erschießen."

„Er hatte eine Waffe?"

„Ja, er hielt mir die Pistole an die Stirn."

„Oh Gott. Wollte er dich wirklich erschießen, oder wollte er nur mit dir spielen?"

„Erst habe ich geglaubt, dass er nur mit mir spielen will. Es hat mich, also, verstehst du, es hat mich wahnsinnig angemacht."

„Wann hast du gemerkt, dass er nicht nur spielen wollte?"

„Ich habe vor ihm auf den Knien gelegen und gewinselt wie ein Hund. In dem Moment war ich bereit, alles zu tun. Ich wollte ihm einen blasen, ich habe gebettelt, fick mich, bitte, bitte fick mich, aber er hat nur leise gelacht. Ich habe ihm in den Schritt gefasst, da war nichts los. Da habe ich kapiert, dass der Mann gar keinen Sex wollte, weil er einfach nicht konnte. Oder nicht wollte. Und dann habe ich ein leises Knacken gehört. Er hat die Pistole entsichert."

Ich hatte atemlos gelauscht, hatte versucht, mir die Szenerie im Mondlicht mitten im Grunewald vorzustellen. Mein Mann auf den Knien vor einem, der ihn vielleicht ermorden will. Mord als Sexualpraktik.

„Bist du sicher, dass er dich wirklich erschießen wollte?", fragte ich.

„Ja. Wie sich später herausgestellt hat, war ich nicht sein erstes Opfer. Mit der Waffe waren bereits fünf Männer getötet worden."

„Und dann? Wie bist du entkommen?"

„Du weißt ja, dass ich als Junge auf Wunsch meines Vaters Karate und Judo gelernt habe. Ein Mann muss sich verteidigen können, hatte er damals gesagt. Das zahlte sich in diesem Moment aus, ich bin aufgesprungen, hab ihm mit einem Schritt die Waffe aus der Hand getreten und ihn flach auf den Waldboden gelegt."

„Und dann bist du abgehauen?"

„Ich bin erst mal zu der Waffe gerobbt, das war gar nicht so einfach, denn meine Jeans hingen nicht da, wo sie hängen sollten. Ich habe die Waffe an mich genommen, mir die Hosen hochgezogen, und dann bin ich, so schnell ich konnte, zu meinem Auto gerannt. Der Kerl kam rasch wieder zu sich und ist mir hinterher, aber ich habe es geschafft, die Autotür hinter mir zuzuriegeln. Er hat sich auf meine Motorhaube gestürzt, ich habe den Wagen gestartet und bin dann so lange Schlangenlinie gefahren, bis ich ihn abgeschüttelt hatte. Irgendwo auf diesem Waldweg ist er liegen geblieben."

„Und du bist auf dem schnellsten Weg nach Hause gefahren", nahm ich an.

„Ja, ich bin wie von tausend Hunden gehetzt nach Hause gefahren."

„Und dann hast du mich am nächsten Morgen in Paris angerufen und mir erzählt, dass du einen schönen Abend mit Oli im Tennisclub hattest", sagte ich sarkastisch.

„Wahrscheinlich."

„Aber das ist nicht das Ende der Geschichte, oder? Man könnte doch meinen, dass du danach die Schnauze voll gehabt hast von einsamen Parkplätzen mitten im Wald."

„Zu Hause habe ich mir die Waffe angeschaut. Es war ein Revolver mit einem Schalldämpfer. Ich habe überlegt, was ich mit dem Ding machen sollte, ich konnte ja schlecht damit zur Polizei gehen."

„Vergraben?", schlug ich vor.

„Das war mein erster Impuls. Aber erst einmal habe ich das Ding in meine Sporttasche gesteckt. Das Schlimmste war, ich konnte dir noch nicht einmal von diesem Erlebnis erzählen."

„Hättest du es doch getan!", sagte ich. Wie bitte, Erlebnis nannte er das? Ich hätte das als veritablen Albtraum bezeichnet.

„Nein, nein, das war undenkbar. Wie hätte ich dir erklären sollen, dass ich jedes Mal, wenn ich an diese Nacht dachte, einen Ständer kriegte."

Ach, so war das. Oh Mann! Es war, als ob meine Zahnräder im Kopf langsam einrasteten. „Es hat dich angemacht, dass der Mann dich bedroht hat?"

„Nein. Oder doch. Es, es war, wie soll ich sagen, es war, ach, ich weiß nicht!"

„Es war die Steigerung von verboten!", half ich ihm auf die Sprünge.

„Es war genau das gleiche Gefühl wie damals, als ich an dem Kiesteich die zwei Männer beobachtet hatte, verstehst du?"

Ich weiß nicht, ob ich verstand. Aber dann entsann ich mich an jenen Abend, an dem wir uns auf dem Haveldampfer *Alte Liebe* kennengelernt haben. Wir sind gemeinsam in den Grunewald gelaufen, wir haben uns im Dickicht geküsst, und dann sind wir übereinander hergefallen. Wir hatten wilden, hemmungslosen Sex, obwohl wir uns erst knapp eine Stunde zuvor kennengelernt hatten. War es das, weshalb er mich geheiratet hatte? War ich die erste Erfüllung seiner feuchten Träume gewesen? Aber er hatte mir nie gesagt, dass er es wilder oder vielleicht verbotener hätte haben wollen, mit der Angst vor Entdeckung. Im Laufe von fünfzehn Jahren war der Sex bei uns zur Routine geworden. Hatte ich mit meinem Kuschelsex meinen Mann dazu getrieben, woanders Grenzen zu überschreiten?

„Und dann hast du dir eines Tages gesagt, was der kann, kann ich schon lange, oder was?"

Andi nickte. „Ja. So ungefähr."

Wow. Das Unglaubliche wurde zur grausamen Gewissheit: Ich war mit einem perversen Mörder verheiratet. „Wie viele?"

„Fünf", gab Andi kleinlaut zu.

„Hast du keine Angst, dass man dich irgendwann erwischt?"

„Das gehört zum Spiel, nicht wahr?"

Er war eindeutig durchgeknallt. Eindeutig. Und nun?

„Andi, du bist krank. Du brauchst Hilfe!"

„Ja", sagte er. „Ich brauche deine Hilfe. Bitte, Nico, hilf mir, steh das mit mir durch, ohne dich schaffe ich es nicht."

„Und wie stellst du dir das vor? Andi, ich kann dir nicht helfen. Ich hätte gestern Abend sofort zur Polizei gehen müssen, ich mache mich eindeutig der Beihilfe schuldig."

„Bitte, Nico, geh nicht zur Polizei, bitte, bitte, nicht! Wenn du mich liebst, behältst du es für dich."

„Andi, damit kann ich nicht leben. Du bist eine Gefahr für andere Männer. Es gibt nur eine einzige Möglichkeit, du musst dich selbst stellen."

„Nein, das ist keine Option."

„Dann wirst du mich auch erschießen müssen", sagte ich. „Denn ich werde dich nicht weitermachen lassen, auf gar keinen Fall!"

„Das erwarte ich auch nicht von dir. Ich würde mich selbst erschießen, aber ich bin zu feige. Nico, ich hasse mich selbst, wenn ich könnte, dann würde ich es sofort rückgängig machen. In dem Moment, wo ich sie beiseitegeschafft habe, tun mir die armen Männer leid. Aber ich kann nichts dagegen tun, irgendwas in mir treibt mich dazu, immer weiterzumachen. Ich leide doch selbst wie ein Tier."

„Du bist ein Tier, und du weißt, dass du ärztliche Hilfe brauchst." Das war eine schöne Umschreibung für die geschlossene Psychiatrie, aber Andi wusste, was ich meinte.

„Nico, ich habe diese Männer aus niederen Motiven, zur Befriedigung meines Geschlechtstriebs umgebracht. Ich war weder geistig umnachtet noch betrunken oder mit Drogen vollgepumpt. Darauf steht lebenslänglich!"

Ich nickte. Das war mir klar. Andi würde niemals wieder freikommen, erst Gefängnis, und sollte er tatsächlich nach fünfzehn Jahren Bewährung bekommen, konnte man davon ausgehen, dass das Gericht bereits anschließende Sicherungsverwahrung angeordnet hätte.

„Kannst du dir vorstellen, was die mit einer Schwuchtel im Zuchthaus anstellen?"

So also sah er sich – immer noch mit den Augen seines Vaters. Leider hatte er recht. Ich konnte mir genau vorstellen, was im Zuchthaus passieren würde, er würde die Matratze für alle spielen müssen.

„Und wie stellst du dir vor, dass ich dir helfen kann?“, fragte ich. Ich fühlte mich wie gefangen in einem bösen Traum, so einer, in dem man sich bewegen will, aber alle Glieder wie festgebunden scheinen.

„Du musst diesem Spuk ein Ende bereiten. Du musst mich mit dieser Waffe erschießen.“

„Bist du verrückt!“, rief ich. „Ich kann dich doch nicht erschießen.“

„Doch. Du hast recht, es muss ein Ende haben, andere Männer müssen vor mir geschützt werden. Nico, wenn du mich jemals auch nur ein bisschen geliebt hast, dann hilf mir jetzt. Ich habe es versucht, ich schwöre dir, ich habe es ehrlich versucht, meinem Leben selbst ein Ende zu bereiten. Ich kann das nicht. Ich bin zu feige.“

„Sie werden dich sowieso irgendwann kriegen, du hast mit Sicherheit Spuren hinterlassen, es geht gar nicht ohne.“

„Ich glaube nicht. Ich habe nie mein Handy dabeigehabt, so dass man mich hätte orten können. Und außerdem wurden mit der Waffe auch vorher schon Männer erschossen. Der Kerl war nicht das erste Mal damit unterwegs, nur vorher nie bei uns in der Gegend. Außerdem bin ich nie beobachtet worden.“

„Das stimmt nicht, ich habe dich beobachtet“, sagte ich.

„Ja, das ist richtig. Und es ist gut so. Bitte, bitte, hilf mir!“

„Und dann wandere ich für den Rest meines Lebens in

den Knast, oder zumindest für fünfzehn Jahre. Weil ich Straftaten vertuschen wollte? Sag mal, Andi, das kann nicht dein Ernst sein."

„Wenn wir es richtig anfangen, wird niemand auf die Idee kommen, dass du mich umgebracht hast. Stattdessen müssen wir es so hindrehen, als hätte der Homomörder ein neues Opfer gefunden. Du musst anschließend nur die Waffe vernichten."

„Du bist eindeutig verrückt, Andi, das mache ich nicht, ich bin keine Mörderin!"

„Natürlich bist du keine Mörderin! Aber möchtest du, dass alle Welt erfährt, dass du fünfzehn Jahre lang mit einem Mörder verheiratet warst?"

Vielleicht war es dieser Satz, der mich dazu brachte, tatsächlich über seinen Vorschlag nachzudenken. Nicht meinetwegen. Aber wegen unseres gemeinsamen Kindes, das in meinem Bauch wuchs. Jetzt war der Moment, ihm von seinem Kind zu erzählen.

„Andi, ich bin schwanger!"

Er starrte mich mit seinen lieben Augen in der Dunkelheit an. Und dann reagierte er genauso, wie ich es mir vorgestellt hatte. „Was? Wir bekommen ein Baby? Aber das ist ja wunderbar, Nico, wie wunderbar!" Jetzt war er es, der mich in den Arm nahm und ganz fest drückte. „Seit wann weißt du es?"

„Ich habe es an dem Tag erfahren, an dem ich deine Marokkofotos gefunden habe." Die Schmach, die Enttäuschung, die Wut entluden sich. Ich schrie ihn an: „Wie konntest du dieses Jüngelchen in unser Bett bringen, in diesem Bett hast du wahrscheinlich Stunden später unser Kind gezeugt! Hast du dabei vielleicht an diesen kleinen Marokkaner gedacht? Ich hasse dich! Ich hasse dich!“

Andi starrte mich stumm an. Noch nie hatte er mich schreien hören. Er senkte den Kopf und murmelte: „Verzeih mir, Nico, verzeih mir bitte, ich liebe dich so sehr.“

Ich drehte mich auf die andere Seite, ich konnte seinen Anblick nicht mehr ertragen. Andi streichelte mir den Rücken, so wie er es tausend Mal zuvor bereits getan hatte, während ich in mich hineinweinte.

„Du musst es wegmachen lassen“, murmelte er.

„Nein. Zu spät.“

Er schwieg und streichelte mir weiter den Rücken. Es fühlte sich an, als würde mich jemand mit einer Peitsche schlagen.

„Hör auf!“, sagte ich.

„Nico, denk an das Baby. Wie soll ein Kind damit leben, dass sein Vater ein schwuler Serienkiller ist?“, fragte er. „Kannst du dir vorstellen, was so ein Kind bereits in der Schule durchmachen muss?“

„Ich kann meinen Mädchennamen annehmen, nach Paris ziehen oder nach Timbuktu. Was glaubst du denn?“

„Aber irgendwann will unser Kind wissen, was mit seinem Vater war. Und es wird sich auf die Suche machen. Du kannst es nicht verstecken, ein Prozess gegen einen Serienkiller wird in allen Zeitungen genüsslich breitgetreten. Das hinterlässt Spuren. Nein, Nico, es gibt keine Alternative, wenn nicht jeder erfahren soll, dass du mit einem schwulen Mörder verheiratet warst. Du musst mich beseitigen.

Und zwar so, dass die Polizei von einem erneuten Mord des Homokillers ausgeht. Wir können es arrangieren, dass Spuren zu finden sind, die nur ich als Täter kenne, weil sie nie in der Zeitung standen. Und wir können es so planen, dass du über jeden Zweifel erhaben bist."

„Lass mich schlafen, lass mich schlafen", jammerte ich. Ich wollte seine einschmeichelnde Stimme loswerden, ich brauchte Ruhe, genug Ruhe, um über alles nachzudenken. Über ihn, über mich, über das Baby in meinem Bauch und über dessen Zukunft. „Lass mich schlafen!"

Natürlich schlief ich nicht. Millionen Gedanken rasten durch meine Gehirnautobahn, ich drehte und wendete mich genau so oft, wie ich versuchte, das Problem aus einem anderen Blickwinkel zu sehen. Aber es blieb, was es war: unlösbar. Es sei denn, ich ging auf Andis Vorschlag ein. Meinen Mann selbst entsorgen. Wie sehr muss man einen Menschen lieben, um ihn zu töten? Oder für ihn zu töten? Als es draußen hell wurde, schlief Andi neben mir wie ein unschuldiges Kind. Ich stand auf, tappte in die Küche und machte Kaffee – wie jeden Morgen.

Als Andi aus der Dusche kam, setzte ich mich auf unser Bett und sagte: „Okay."

Der letzte Sonntag

Wir verbrachten den Sonntag damit, generalstabsmäßig Andis Ende zu planen. Allerdings war ich viel zu konfus, um etwas Vernünftiges zu dem Plan beizutragen. Vordenken, vorplanen, vorsorgen, das war Andis Ressort in unserer Ehe gewesen.

„Du brauchst Zeugen", sagte Andi. „Du hast doch hoffentlich deiner Busenfreundin nicht schon alles erzählt?"

Ich schüttelte den Kopf. Nein, dafür hatte ich mich viel zu doll geschämt.

„Wofür brauche ich Zeugen?"

„Du darfst keine Ahnung davon gehabt haben, dass dein Mann sich auch mit Männern vergnügt, jedenfalls nicht, bevor ich verschwunden bin, damit man dir kein Motiv unterstellen kann."

„Aber ich habe doch die Fotos gefunden. Überprüfen die denn nicht die Computer?"

„Wenn du nicht verdächtig bist, sicher nicht. Sie werden meine Computer beschlagnahmen. Also musst du auf meinem Computer die Dateien entdecken. Aber erst, nachdem du bei der Polizei mein Verschwinden gemeldet hast."

„Und wie soll ich das anstellen?"

„Du holst dir meinen Laptop aus dem Büro. Unter dem Vorwand, dass du deine und unsere gemeinsamen Konten checken musst, weil du Angst hast, dass ich mit deinem Geld durchgebrannt bin. Allerdings solltest du bei mindestens zwei Banken auftauchen und die Kontostände abfragen. Um in meinen Computer zu kommen, musst du versuchen, mein Passwort zu knacken. Geburtsdatum und so weiter. Was dir so einfällt. Dann erinnerst du dich, wie unser Kind heißen soll, sollte es ein Junge werden: Konstantin. Damit knackst du den Computer und schaust dir erst mal meine Onlinekonten an."

„Was soll das Theater bringen?"

„Dadurch hast du Doro und die Bankmitarbeiter als Zeugen, dass du keine Ahnung hattest, wo ich bin, und dass du dir Sorgen machst, ich könnte mit deinem Geld durchgebrannt sein."

„Okay, das verstehe ich. Und dabei finde ich die Fotos auf deinem Laptop?"

„Nicht sofort. Du musst ein paar Tage warten, und dann versuchst du mir im Laptop auf die Spur zu kommen, du suchst nach versteckten Dateien. Zieh dir die Anleitung aus dem Internet. Hinterlasse deutliche Spuren auf dem Computer, nachvollziehbare."

„Aber werden die nicht sofort deine Computer beschlagnahmen, wenn ich dich als vermisst melde?"

„Das geht aus wie das Hornberger Schießen. Du kannst mich als vermisst melden, aber sie werden nicht nach mir suchen."

„Wieso das denn nicht?“

„Weil ich erwachsen bin und hingehen kann, wohin ich will. Sie würden mich nur suchen, wenn ich eine Straftat begangen hätte. Genau, das ist die Idee!“

„Was denn?“

„Dein Auto, ich muss mit deinem Auto verschwinden!“

„Wieso?“

„Dann kannst du dein Auto als gestohlen melden.“

„Verstehe ich nicht, wozu der Aufwand?“

„Du musst auf der Polizei ganz viel Wind machen, die besorgte Ehefrau! Sie müssen sich an dich erinnern.“

„Aber wieso solltest du mein Auto nehmen?“, fragte ich.

„Weil wir den Volvo in die Werkstatt bringen müssen. Das müssen wir wirklich, die Bremsbeläge sind runter, und der TÜV ist fällig. Du lässt mich mit dem Hyundai in die Firma fahren und bringst den Volvo in die Werkstatt. Dort holst du dir einen Mietwagen.“

„Wozu?“

„Sie werden nach deinem Hyundai suchen. Und den lasse ich irgendwo auf einem Parkplatz von einem Einkaufscenter in der Pampa stehen. Ich steige dort aus, und du holst mich mit dem Mietwagen ab. Nicht auf dem Parkplatz, falls es Überwachungskameras gibt, sondern irgendwo auf freier Strecke in der Nähe.“

„Sie werden darauf kommen, dass ich einen Mietwagen hatte. Ist das nicht verdächtig, vor allem, wenn ich damit viele Kilometer fahre?“

„Ich glaube nicht, dass sie darauf kommen werden, weil du gar nicht in Verdacht geraten wirst, aber es ist egal, in dem Fall kannst du sagen, dass du mich damit gesucht hast. Du musst nur vorher behaupten, dass du das Wochenende damit verbracht hast, mich zu suchen."

„Wir machen es also am Wochenende?"

„Nein, am Freitag."

„Wieso?"

„Da ist mehr los auf den Straßen, alle sind in Wochenendstimmung, da gibt es überall Gewusel. Du musst mich ständig anrufen, auf den Anrufbeantworter sprechen, abends im Büro anrufen, bei Siggi und bei Doro zu Hause, du musst bereits am späten Freitagabend Alarm schlagen."

„Langsam. Also du haust am Freitagvormittag mit meinem Auto ab, ich bringe den Volvo in die Werkstatt und besorge mir einen Mietwagen. Damit picke ich dich irgendwo in der Pampa auf. Natürlich ohne mein Smartphone. Was ist mit deinem?"

„Das entsorge ich irgendwo im Gebüsch, damit sie es verfolgen können. Die Polizei muss etwas zu tun kriegen. Wenn sie das gefunden haben, werden sie vielleicht langsam daran denken, mich in die Vermisstenkartei aufzunehmen. Auf jeden Fall hast du wiederum Kontakt zur Polizei, alles schön nachvollziehbar und absolut unverdächtig."

„Und wann entdecke ich in deinem Computer die versteckten Dateien?"

„Wenn du den Rest der Welt davon überzeugt hast, dass ich spurlos verschwunden bin und du die verzweifelte Ehefrau bist. Alarmiere meine Eltern, deine Eltern, unsere Freunde. Und natürlich Ina. Sie ist deine wichtigste Zeugin."

„Andi, ich bin deine Frau, ich erwarte dein Kind, ich habe dich mein halbes Leben lang geliebt. Aber Ina hat mit alldem nichts zu tun. Ich kann doch nicht meine beste Freundin belügen! Das hat sie nicht verdient! Sie war immer für mich da!"

„Du kannst ihr nicht die Wahrheit sagen, bist du verrückt? Es darf keine Mitwisser geben, Nico, das musst du ganz allein mit dir ausmachen. Wenn du das nicht kannst, dann bitte geh zur Polizei. Dann darfst du mich im Knast mit einem Baby im Arm besuchen."

Andi wusste genau, auf welchen Knopf er drücken musste. „Okay, also Ina ist meine wichtigste Zeugin. Aber ich werde sie nicht belügen. Niemals."

„Du sollst sie nicht belügen, du brauchst ihr nur nicht alles zu erzählen. Bis auf einen Punkt: Du musst ihr glaubhaft versichern, dass du die Fotos erst gefunden hast, nachdem ich verschwunden war. Das wirst du doch wohl hinkriegen, oder?"

Ich hasste den Gedanken, Ina zu hintergehen. Oder, schlimmer noch, sie als Statistin in einem Stück zu besetzen, von dem Andi das Drehbuch geschrieben hatte. Ina war der einzige Mensch, der all meine Geheimnisse kannte, also, ähm, ja. Andi hatte natürlich recht, ich hatte ihr bisher noch nichts von meinen Entdeckungen erzählt, weil ich mich so geschämt habe. Jetzt war es zu spät, beziehungsweise ich musste so tun, als ob gewisse Abgründe meines Mannes vollkommen neu für mich wären. Also das würde ich hinkriegen. „Ja", sagte ich.

„Gut. Und dann machst du dich zusammen mit Ina

auf, mich zu suchen. Wie ich Ina kenne, wird sie dir alle Homotreffs dieser Welt vorschlagen. Mach einfach mit, und sorge dafür, dass ihr gesehen werdet."

Ich nickte wieder, obwohl das der für mich schwierigste Teil unserer Vereinbarung war. Andere Menschen oder die Polizei anlügen, okay, das würde mir weniger Probleme bereiten. Aber meine beste Freundin zu missbrauchen – und genauso fühlte es sich an, wie ein Missbrauch –, das war ein anderes Kaliber. Ich schob das beiseite. „Und wie gehen wir weiter vor?"

„Wir fahren mit dem Mietwagen zu einem Homotreff. Ich schlage vor, in der Nähe der polnischen Grenze."

„Aber werden da nicht andere Männer sein?"

„Unwahrscheinlich, Nico, das ist ein großes Waldgebiet, tagsüber ist da so gut wie nichts los, die kommen erst, wenn es dunkel wird. Außerdem ist es mittlerweile kalt geworden." Es stimmte. Ein Temperatursturz hatte dafür gesorgt, dass die ersten Blätter draußen bunt geworden waren.

„Andi, noch hat niemand den Toten im See gefunden. Aber wenn sie den finden, kannst du sicher sein, dass die Polizei alle landesweit bekannten Homoplätze überwachen wird. Das war ein Mord zu viel."

„Das ist eine andere Polizeidirektion", sagte Andi. Der Mann war gut informiert. „Die haben sich bis heute nicht koordiniert."

„Bist du dir da sicher?"

Er nickte. „Es gibt keine Polizei auf den Parkplätzen, glaub mir. Ich habe es kontrolliert."

„Woran willst du die Zivis denn erkennen?", fragte ich.

Er zeigte auf seine Nase. Sollte ich ihm glauben?

„Warum so weit weg?"

„Sicher ist sicher. Und wenn da überhaupt jemand sein sollte, sind das wahrscheinlich Polen. Die werden nicht die Polizei rufen, glaub mir. Die haben andere Probleme."

„Und dann?"

„Dann buddle ich mir ein Loch, in dem du mich begraben kannst. Die Schippe nimmst du anschließend mit, natürlich eingewickelt in einen Müllsack, und die Waffe entsorgst du in der Oder. Du musst dir andere Schuhe mitnehmen und dich komplett umziehen, damit du nicht irgendwo Sand von der Grabstelle in den Mietwagen bringst. Das ist wichtig, Nico, nicht ein Blatt, nicht ein Körnchen Sand. Die von der Kriminaltechnik sind heute so weit, dass sie genau bestimmen können, woher ein Blatt oder ein Sandkorn stammen. Fahr danach mit dem Mietwagen irgendwo unterwegs in eine Waschanlage. Innen werden wir den Mietwagen mit Plastikplanen auslegen, in die du dann die Waffe zusammen mit einem Stein einwickeln kannst."

„Wenn sie was finden wollen, werden sie es bestimmt finden."

„Nein, Schatz, werden sie nicht. Ein Mietwagen von einer Werkstatt ist alle ein, zwei Tage bei jemand anderem und wird zwischendurch immer wieder gereinigt. Wie sollen die Wochen oder Monate später, wenn meine sterblichen Überreste gefunden werden, noch irgendwas in dem Wagen finden und vor allem nachweisen, dass es von dir stammt. Da überschätzt du die Polizei bei Weitem."

Das leuchtete mir durchaus ein. „Was ist mit Fingerabdrücken?“, fragte ich.

„Natürlich trägst du Handschuhe. Die entsorgst du dann irgendwo, vielleicht in einem Papierkorb in einem Einkaufscenter.“

Wir gingen den Plan Schritt für Schritt mehrmals durch. Ich hatte Angst, nein, das ist nicht der richtige Ausdruck. Ich war in Panik. Aber was waren die Alternativen? Wenn ich zur Polizei ging, würde mein Baby als Kind eines Serienmörders aufwachsen. Was für eine unglaubliche Bürde. Nein, niemals! Niemals! Andi würde sich nicht selbst umbringen. Außerdem würde das auch nichts bringen. In dem Moment, in dem er sich mit derselben Waffe erschoss, mit der auch die anderen Männer erschossen worden waren, würde die Polizei wissen, dass er der Mörder war. Denn wenn er tot war, konnte er die Waffe nicht mehr entsorgen.

„Könntest du dich nicht selbst erschießen, und ich entsorge nur die Waffe?“, fragte ich. Ich merkte selbst, was für absurde Diskussionen wir führten.

„Das schaffe ich nicht. Ich habe es versucht, Nico, ich habe es x-mal versucht. Glaub mir, ich bin in den Wald gefahren, ich habe überall meine Sachen verteilt, ich habe mich hingekniet, und dann …“ Herzzerreißendes Schluchzen drang aus Andis Kehle.

„Aber wenn ich dabei bin und du selbst abdrückst, dann …“

„Das nutzt nichts, Nico. Kriminaltechniker erkennen am Eintrittswinkel der Kugel, ob sich jemand selbst erschossen hat oder erschossen wurde. Die können heute Selbstmord nachweisen, vergiss das nicht. Zum Beispiel mit Schmauchspuren an den Fingern. Nein, Nico, das ist keine Option."

Er hatte sich offenbar sachkundig gemacht, was Kriminaltechniker heute alles konnten. Wie immer war mein Mann gründlich und sorgfältig vorgegangen.

Je länger ich ernsthaft darüber nachdachte, desto mehr musste ich ihm recht geben. Ich würde meinen Mann erschießen müssen. Ich hoffte nur, dass ich nicht genauso feige sein würde wie er.

Die letzte Woche

Und so begann Andis letzte Woche. Nachts lag ich im Bett zwar neben ihm, aber mit meinen Gedanken war ich hunderttausend Meilen entfernt. Nicht Andi beherrschte meine Gedanken, sondern wie unser Leben weitergehen würde. Ich weiß nicht, ob es die Hormone waren, aber all mein Denken kreiste um unser Baby.

Wäre ich immer noch die glückliche Ehefrau, die ich bis vor einigen Wochen gewesen war, ich würde Abend für Abend mit meinem Mann eng umschlungen im Bett liegen, und wir würden uns gemeinsam die Zukunft unseres Kindes ausmalen. Namen aussuchen, die Wohnung neu planen, vielleicht einen Umzug ins Auge fassen, all das, was glückliche Eltern in spe so zu tun pflegen. Welche Haarfarbe wird es haben, wird es blaue oder braune oder graue Augen bekommen, was wird das Baby von dir und was wird es von mir haben. Wir würden unsere persönlichen Eigenheiten in einen Cocktailshaker packen, schütteln, und heraus kämen immer andere Entwürfe unseres Kindes, obwohl wir natürlich wussten, dass es doch völlig anders sein würde.

Ich hatte mir die ersten Monate meiner Schwangerschaft

immer als die vielleicht schönste Zeit meines Lebens vorgestellt.

Stattdessen plante ich alleine. Am Montag ging Andi wie gewohnt zur Arbeit, und ich vereinbarte einen Termin mit meinem Gynäkologen. Es ging mir zwar körperlich ganz gut, bis auf die gelegentliche Übelkeit – leider nicht nur am Morgen –, aber ich hatte Angst, dass das Baby irgendeinen Schaden genommen hatte angesichts der traumatischen Erlebnisse der letzten Tage.

„Und", fragte mich der Doc, „was wünschen Sie sich denn, einen Jungen oder ein Mädchen?"

„Ein Mädchen." Es hörte sich an wie ein Stoßgebet, glaubte ich.

Der Doc lächelte. „Wollen Sie es sehen?"

„Man kann jetzt schon das Geschlecht erkennen?", fragte ich ungläubig.

Er nickte. „Mit Vorbehalt natürlich. Aber ja, ich glaube, ich weiß, was da in Ihrem Bauch wächst. Wollen Sie es wissen?"

„Nein!", entschied ich in Sekundenschnelle. Nein, nein, nein. Ich wollte nicht mit der Vorstellung herumlaufen, dass da in meinem Bauch vielleicht ein kleiner Serienkiller heranreift. Denn das war meine Angst. Dass die Bereitschaft, jemanden zu töten, bereits im Erbgut angelegt sein könnte. Ich wusste, dass das wahrscheinlich Quatsch war, aber dass man ein Kind zum Serienmörder erziehen kann, glaubte ich auch nicht. Andis Eltern waren rechtschaffene, nette Leute, Menschen, die Gut von Böse unterscheiden konnten. Okay, mein Schwiegervater war ein wenig herrisch und vielleicht als Vater auch entsetzlich dominant, aber das hatte ich immer seinem Job zugeschrieben. Er war es einfach gewohnt, Befehle zu erteilen, denen jeder kritiklos zu folgen hatte.

„Wir schaffen das, Baby, wir schaffen das“, machte ich mir mit einem Zitat unserer Bundeskanzlerin Mut. Seitdem ich wusste, dass ich schwanger war, sprach ich lautlos mit meinem Kind. In diesen Gesprächen erzählte ich ihm von seiner strahlenden Zukunft, ich fühlte mich ein wenig wie Hänsel und Gretel im dunklen Wald. Ich durfte jetzt keinen Fehler machen, jedes winzige Versäumnis, jedes nicht durchdachte Detail würde mich für mindestens fünfzehn Jahre ins Gefängnis bringen.

Die in meinen Augen höchste Hürde war Andis Volvo. Ich fand, dass es ein wenig merkwürdig aussah, wenn jemand einen Wagen am Freitag in die Werkstatt gab und diesen nicht am selben Tag zurückhaben wollte. Andi hatte versucht, mich zu beruhigen. „Das Ding kommt so nie durch den TÜV. Die Bremsbeläge sind komplett runter.“

„Ja, aber das sagen sie dir doch beim ersten Check, dass da was gemacht werden muss“, hatte ich geantwortet. Ich fand, dass das verdächtig aussah. Welcher normale Mensch brachte schon sein Auto kurz vor dem Wochenende zur Reparatur? Es war ein Punkt, den ich irgendwie lösen musste. Aber wenn man nur lange genug nachdenkt, findet man eine Lösung. Diese Weisheit hatte ich von meinem Ehemann, und wieder einmal musste ich feststellen, dass er recht hatte.

Als Andi am Montagabend nach Hause kam, fragte er als Erstes: „Hast du den Werkstatttermin bekommen?“

„Nein, ich habe eine bessere Idee."

„Was heißt das denn?" Andi war es nicht gewohnt, dass eine seiner Planungen von mir in Frage gestellt wurde. Ganz der Vater, dachte ich in diesem Moment.

„Ich glaube, es ist besser, wenn du am Donnerstag einen Unfall hast."

„Wie bitte?"

„Du musst am Donnerstagmorgen auf dem Weg zur Arbeit jemanden anfahren. Und zwar so doll, dass der Wagen sofort in die Werkstatt muss und garantiert nicht bis Freitagabend fertig wird."

„Bist du verrückt, weißt du, was das kostet?", fragte er mich. Wenn es ums Zahlen ging, war Andi immer spontan.

„Das kann dir doch gepflegt egal sein. Du wirst es ja nicht mehr bezahlen müssen."

„Aber du. Schatz, ich will doch nur, dass du gut versorgt bist."

„Du musst mit dem Wagen einen Auffahrunfall bauen." Ich war entschlossen, nicht nachzugeben. „Es muss ja nicht gleich ein wirtschaftlicher Totalschaden sein. Aber zumindest so, dass das Ding sofort in die Werkstatt muss. Das muss echt aussehen."

Wir diskutierten das Für und Wider noch eine halbe Stunde, aber letztendlich musste Andi zugeben, dass das die glaubwürdigere Variante war.

„Morgen musst du einen Spaten besorgen", sagte er. „Möglichst irgendwo, wo man dich nicht kennt."

„In der Tiefgarage stehen die Werkzeuge von unserem Hausmeister, der kommt aber erst am Montag. Es fällt keinem Menschen auf, wenn ich den Spaten dort ausleihe und am Freitagabend wieder hinstelle."

„Du hast ja richtig kriminelle Energie, hätte ich dir gar nicht zugetraut." Andi lachte.

Komischerweise war ich ganz ruhig. Eigentlich agierte ich in dieser Woche wie ferngesteuert, emotionslos und – so ganz und gar nicht mein sonstiger Stil – vollkommen fokussiert.

„Könntest du mir mal zeigen, wo du es geplant hast?", fragte ich Andi.

Er stand auf und zog einen Atlas aus unserem Bücherregal. „Machen wir es auf die altmodische Tour, wir wollen doch nicht, dass die Bullen irgendeine Spur auf einem unserer Handys oder im Computer finden", sagte er. Und dann zeigte er mir ein Waldgebiet bei Frankfurt/Oder. „Das ist bekannt als der Polenbums. Ein sehr weitgefasstes, einsames Gebiet, da wird es eine Weile dauern, bis man mich findet. Zumindest lange genug, damit du Spuren hinterlassen kannst, die in eine völlig andere Richtung deuten."

Und dann kam das Schwerste: Andi zeigte mir, wie ich die Waffe handhaben musste. „Das ist ein Revolver. Du musst mir die Waffe mitten auf die Stirn setzen", erklärte er mir, „wenn du dein Ziel verfehlst, bin ich nicht sofort tot."

„Muss ich die Waffe erst entsichern?", fragte ich.

„Nein, wenn du schießen willst, entsichert sich der Revolver automatisch. Aber du musst aufpassen, du wirst dich furchtbar erschrecken, auch mit Schalldämpfer gibt es einen Knall und einen Rückstoß."

Er erklärte mir, wie der Schalldämpfer aufgesetzt wurde. Dann checkte er die Trommel, holte eine kleine Pappschachtel aus seiner Tennistasche und zeigte mir, wie man die Patronen in den Revolver einsetzte.

„Das ist die Munition. Sie fasst sechs Patronen."

„Ich habe Angst, so zu zittern, dass ich danebenschieße. Kann ich denn nicht mal mit dem Ding irgendwo üben?"

„Never ever, bist du wahnsinnig? Du brauchst keine Angst zu haben, ich werde dir helfen, wenn es so weit ist."

Ich wollte nicht eine Sekunde an das „so weit" denken, denn noch war „so weit" so weit weg und irgendwie theoretisch.

Andi verstaute die Waffe in einem Seitenbeutel der Tennistasche, in der wir die anderen Utensilien bereits untergebracht hatten. „Aber pass auf, nicht anfassen, nicht dass das Ding vorzeitig losgeht und du dich verletzt."

Crashkurs

Die Tage bis zum Donnerstag krochen dahin wie eine Nacktschnecke auf ihrem Schleim. Bei meiner Freundin Ina entschuldigte ich mich mit Halsweh und einer beginnenden Erkältung. „Soll ich dir was vorbeibringen?", fragte meine mit Tabletten, Salben und Tröpfchen erschöpfend ausgestattete Freundin.

„Nein, lass mal, du weißt doch, eine gute Erkältung dauert eine Woche, eine schlechte sieben Tage."

Am Dienstag ging Andi zum Tennis. „Es muss aussehen wie immer", sagte er.

„Ich dachte, du wärst immer woanders gewesen."

„Nein, Quatsch, ich war meistens dienstags beim Tennis."

Ich telefonierte mit meiner Mutter, die gerade eine „sagenhafte Liebesgeschichte vor dem Hintergrund des Bosnienkriegs" lektorierte und noch ganz erfüllt war von der Romanze von Elena und Dejan, so dass ich kaum zu Wort kam. Ich war froh darüber, dass es Mama so gut ging, mit ihrem neuen Mann, mit ihrem Job und vor allem in Paris. Noch froher war ich, dass sie keine Fragen nach Andi stellte. Sie war es gewohnt, dass ich ihr mein Herz ausschüttete, wenn es überlief, ansonsten aber Wert auf meine Intimsphäre legte.

„Willst du nicht noch ein letztes Mal deine Eltern anrufen?“, fragte ich Andi am Mittwoch.

„Was soll ich Ihnen sagen, deiner Meinung nach? Übrigens, Dad, Nico wird mich am Freitag erschießen?“

„Quatsch, ich meine nur mal so.“

Was dann folgte, war erstaunlich. Ich hatte immer geglaubt, dass Andi seine Eltern sehr mochte und auch ein gutes Verhältnis zu ihnen hatte. „Wenn du glaubst, dass ich jetzt meinen Frieden mit ihnen machen würde, irrst du gewaltig. Ich kann nicht verzeihen!“

„Was kannst du nicht verzeihen?“ So etwas hatte er noch nie gesagt.

„Mein Vater hat versucht, aus mir ein Abziehbild von ihm zu machen.“

„Versuchen das nicht alle Väter?“, fragte ich und dachte an meinen eigenen, wunderbaren Vater, der mir seine Werte vermittelt und als Rüstzeug für mein Leben mitgegeben hatte. Dass man in der Pubertät dagegen rebelliert, fand ich normal, aber als erwachsener Mensch?

„Und meine Mutter hat stillgehalten. Sie hat sich nie getraut, mich in Schutz zu nehmen. Sobald mein Alter weggeschaut hat, durfte ich alles, aber wehe, der Kerl war zu Hause. Dann schlichen wir auf Zehenspitzen durchs Haus!“

Der Hass, der aus seinen Worten tropfte, war mir fremd. Noch nie hatte er so über seine Eltern gesprochen. Ich hatte Ulrike auch nie als scheues, höriges Wesen gesehen, die sich unter ihrem Mann duckte und auf Zehenspitzen umherschlich. Allerdings hatte ich seine Eltern auch erst kennengelernt, als sich bereits die ersten Anzeichen der Parkinson'schen Krankheit bei seinem Vater meldeten. Und aus Andis wirren Erklärungsversuchen hatte ich geschlossen, dass sein Selbstbild stark von dem Urteil seines Vaters abhing. Was würde Werner wohl sagen, wenn er erfuhr, dass sein Sohn bei einem Schwulentreff erschossen worden war? Der Gedanke ließ mich erschaudern.

Und doch schien der Freitag so weit weg wie die Rente bei einem Abiturienten.

„Ruf du an, bitte", sagte Andi.

„Und was soll ich ihnen sagen?"

„Dass ich länger arbeiten muss, was weiß ich? Hauptsache, wir melden uns, du weißt doch, wie die sind."

„Ahnt deine Mutter, dass du auch auf Männer stehst?", fragte ich geradeheraus.

„Keine Ahnung", sagte er.

Also rief ich bei Ulrike an. Ob wir schon Pläne hätten für Weihnachten. Mein Gott, war es schon wieder bald so weit?

„Ulrike, es ist September!"

„Man muss früh anfangen zu planen, ihr seid doch immer so schnell verplant."

Ich hatte noch nicht einen einzigen Gedanken an das diesjährige Weihnachtsfest verschwendet. Aber jetzt hoffte ich, dass ich es in Paris bei meiner Mutter verbringen könnte. Würde ich dann überhaupt noch fliegen dürfen?

„Ich kann ja mal mit Andi darüber reden, wollt ihr zu uns kommen oder sollen wir nach Bokeloh fahren?"

„Besser, ihr kommt zu uns, hier hat Werner alles, was er braucht. Das Reisen mit ihm wird immer umständlicher."

Unsere Freunde Lene und Dirk riefen an und fragten, ob wir Lust hätten, am Wochenende zu einem gemütlichen Herbstessen bei ihnen zu kommen. Sie hätten vor, am Sonnabend in die Pilze zu gehen. Ich hatte Lene immer bewundert, wie sie es schaffte, essbare Pilze in erklecklichen Mengen im Wald zu finden. Ich konnte gerade mal einen Dosenchampignon von einem tiefgekühlten Pfifferling unterscheiden. Aber Lene war auf dem Land in Thüringen aufgewachsen und seit frühester Kindheit im Pilzebestimmen von ihren Eltern unterrichtet worden.

Selbstverständlich sagte ich für uns sehr gern zu. Wieder ein Mosaiksteinchen in meiner Außendarstellung.

Am Dienstag meldete der *Tagesspiegel*, dass ein Angler im Schilf am Lienewitzsee eine männliche Leiche gefunden habe. Nichts zur Todesursache.

Am Mittwochabend gingen wir in die *Trattoria Toscana* und sorgten dafür, dass nicht nur der Chef, sondern auch unser Lieblingskellner Giovanni sich ganz bestimmt an uns beide als glückliches Paar erinnern würden. Wir blieben so lange dort, bis wir die letzten Gäste waren. Zwischendurch hielten wir Händchen. Ich warf meinem Mann verliebte Blicke zu und fragte mich dabei, ob seine liebe Art, mit der er mich all die Jahre verwöhnt und umsorgt hatte, ebenso geschauspielert war, wie ich jetzt gerade eine bühnenreife Leistung hinlegte. Wie viel von all dem war gelogen gewesen? Mir war klar, dass ich mir diese Frage wohl bis ans Ende meines Lebens würde stellen müssen.

An diesem Abend spürte ich zum ersten Mal, dass Andi Angst hatte. „Dir graut vor morgen“, sagte ich ihm auf den Kopf zu.

„Ich weiß nicht so genau, wie ich das morgen machen soll. Ich habe keine Ahnung, wie viel Gas ich geben muss, damit das Ding kaputtgeht, aber mir nichts passiert.“

Wir hatten uns darauf geeinigt, dass so ein Unfall am besten in der Tiefgarage simuliert werden könnte. Die Wand mitnehmen und so niemand anderen in Gefahr bringen.

„Mir tut das arme Auto leid, ich will es nicht mehr kaputtmachen als nötig“, sagte Andi. Dieser Mann, der kaltblütig Menschen erschoss, hatte Mitleid mit einem Auto.

„Das muss ich jetzt aber nicht verstehen.“

„Ich liebe dieses Auto“, antwortete er.

„Hauptsache, du fährst nicht zu doll an die Wand, damit nicht das ganze Haus einstürzt“, sagte ich.

„Liebling, unser Wagen steht immer vor einer nichttragenden Wand, falls dir das noch nicht aufgefallen sein sollte“, stellte er fest.

Am Donnerstagmorgen verabschiedete sich Andi von mir mit den Worten „Drück mir die Daumen“ und fuhr mit dem Fahrstuhl in unsere Tiefgarage. Ich lauschte in die Stille. Es war nichts zu hören, es gab auch keinerlei Erschütterung im Haus. Nach zehn Minuten war er wieder da. Mein Mann war bleich und zitterte am ganzen Körper.

„Ich hab’s gemacht, geh mal gucken.“ Er wankte zum Sofa.

Ich fand Männer ja schon immer ein bisschen merkwürdig, aber jetzt reichte es mir bald. „Hast du Papis Liebling etwa wehgetan?“, fragte ich ihn. Schrill.

„Pst, nicht so laut", sagte er. Mit Recht.

Ich ließ ihn also zitternd auf dem Sofa liegen und fuhr hinunter in die Tiefgarage. Der Wagen war kaum beschädigt, es sah aus, als wäre er sanft gegen die Wand gerollt. Wut stieg in mir auf. Ich blickte mich um. Es war niemand in der Garage. Ich stieg in den Wagen ein, startete den Motor und gab einmal beherzt Gas. So, als ob ich eigentlich rückwärts aus der Lücke herausfahren wollte, aber den falschen Gang erwischt hätte.

Bumm. Es krachte ziemlich laut, reflexartig stieg ich auf die Bremse. Ich hörte Putz rieseln, sah aber nichts, weil der Airbag sich geöffnet hatte. So. Das hätten wir, dachte ich und stieg aus.

Beim Hinauffahren in die Wohnung merkte ich, dass auch mir die Knie zitterten. Es ist nicht ganz so einfach, einen Unfall herbeizuführen, wenn man ihn will. Der Mensch schützt sich selbst, das heißt, man zuckt automatisch zurück. Wenn man diesen Impuls durchbrechen will, erzeugt das wohl Angst. Als ich oben war, verkroch ich mich heulend in unseren Lehnstuhl. Wenn ich nun die Geschwindigkeit falsch eingeschätzt hätte, was wäre dann mit meinem Kind passiert?

Ich wurde immer wütender auf meinen Mann, das war wirklich rücksichtslos von ihm, mir die ganze Arbeit zu überlassen. Und das sagte ich ihm auch.

„Das war doch deine Idee mit dem Unfall. Ich fand sowieso, dass der TÜV reicht", sagte er, kam zum Lehnstuhl und wollte mich in den Arm nehmen.

„Lass mich! Sag in der Firma Bescheid, dass du später

kommst, und nimm mein Auto. Ich kümmere mich jetzt darum, dass das Ding in die Werkstatt kommt."

Was war nur mit uns geschehen, fragte ich mich, als ich mit immer noch zitternden Knien in die Küche ging und mir eine Tasse von dem inzwischen lauwarm gewordenen Morgenkaffee eingoss. Die alten Rollen in unserer Ehe funktionierten nicht mehr. Andi war immer der Starke, Vorausplanende, Strukturierte gewesen, während ich mich eher treiben ließ. Die meisten meiner Handlungen waren spontan. Andi war analytisch, ich emotional. In der letzten Woche unserer Ehe schienen wir die Rollen getauscht zu haben. Lag es an unserer besonderen Situation, oder waren es bei mir einfach nur die Hormone? Ich trieb meinen Mann an, bisher war es immer umgekehrt gewesen.

Als er endlich in seine Kanzlei verschwunden war, hängte ich mich ans Telefon. Ich telefonierte mit der Versicherung, mit dem ADAC und mit dem Autohaus Weber.

„Das schaffen wir aber nicht vor dem Wochenende", sagte die nette Frau am Werkstatttelefon.

„Ach du meine Güte, wie blöd. Hätten Sie denn einen Mietwagen für uns?"

„Moment, da muss ich schauen ..."

Ich trommelte mit den Fingern auf dem Schreibtisch.

„Äh, ja, aber leider nur einen kleinen, würde Ihnen das reichen?"

„Hauptsache, ein fahrbarer Untersatz", sagte ich. „Der ADAC wird meinen Wagen dann zu Ihnen schleppen." Perfekt.

Es war bereits später Nachmittag, als ich endlich mit

dem Mietwagen in unsere Tiefgarage einfuhr. Der Schaden an der Wand war minimal, diese Volvos waren auch nicht mehr die Panzer, die sie früher mal waren.

Ich hatte noch schnell einen Abstecher zu Obi gemacht und dort Plastikplanen und einen schönen, weißen Maleranzug mit Kapuze erstanden. Und bei Deichmann Gummistiefel eine Nummer größer, als ich eigentlich brauchte. Danach hatte ich noch frisches Brot und Tatar besorgt. Andi hatte darum gebeten, an unserem letzten Abend noch sein Lieblingsessen zu bekommen.

Morgen also sollte es so weit sein. Es schien mir alles so unwirklich, so theoretisch, so wenig vorstellbar. Würde ich mich tatsächlich trauen, meinen Mann zu erschießen? Wäre es nicht besser, alles abzublasen und einfach so weiterzuleben wie bisher? Damit er weiter mordete? Nein, nein, nein. Doch zur Polizei gehen? Dazu war es entschieden zu spät.

Die Stimmung zwischen uns war angespannt. Andi hatte versucht, in der Nacht zuvor noch einmal mit mir zu schlafen.

„Zum Abschied", hatte er mir ins Ohr geflüstert, und ich hatte ihn weggestoßen. In den schlaflosen Nächten davor hatte ich mich gefragt, ob man einfach aufhören konnte, jemanden zu lieben. Ich habe meinen Mann geliebt, mehr als ich mir je hätte vorstellen können, einen Menschen zu lieben. Die einzige Möglichkeit für mich, mit der Situation halbwegs umzugehen, war, dass ich den mordenden Teil von Andi abgespalten habe. Ich habe diesen Teil so gut es ging ausgeblendet und versucht, nur meinen Andi zu sehen, so wie er mir gegenüber immer gewesen war, der liebe, verständnisvolle, überkorrekte Andi. Der Mann, den ich so sehr liebte, dass ich ihm auch in seinen dunkelsten Stunden beistehen würde. Das funktionierte halbwegs, nur schlafen konnte ich nicht mehr mit ihm. In dem Moment wurden die Bilder, die ich versucht hatte, so gut es ging zu verdrängen oder besser gesagt zu vergessen, so wie man einen schlechten Film ganz schnell vergisst, wieder lebendig.

„Nimm deine Finger weg", hatte ich ihn angezischt. Bisher hatte ich meinem Mann blind vertraut, aber ist das Vertrauen einmal hin, kommt es so schnell nicht wieder. In einem Internetcafé hatte ich diverse Recherchen angestellt, die leider nicht dazu angetan waren, mir meine Angst zu nehmen. Die ganze Woche war mir geradezu grotesk vorgekommen. Ich wusste, dass das, was ich vorhatte, verboten war. Mehr noch, dass mir, sollte man mich überführen, mindestens fünfzehn Jahre Gefängnis drohten.

Den Paragrafen § 211 Strafgesetzbuch kannte ich inzwischen auswendig:

> *Mörder ist, wer aus Mordlust, zur Befriedigung des Geschlechtstriebs, aus Habgier oder sonst aus niedrigen Beweggründen, heimtückisch oder grausam oder mit gemeingefährlichen Mitteln oder um eine andere Straftat zu ermöglichen oder zu verdecken, einen Menschen tötet.*
> *Der Mörder wird mit lebenslanger Freiheitsstrafe bestraft.*

In Deutschland ist die lebenslange Freiheitsstrafe, umgangssprachlich „lebenslänglich“, die höchste Strafe, die ein Gericht verhängen kann. Sie bedeutet, dass der Verurteilte auf unbestimmte Zeit ins Gefängnis muss, mindestens aber für fünfzehn Jahre. Nach fünfzehn Jahren kann die Strafe zur Bewährung ausgesetzt werden.

Lebenslang, mindestens fünfzehn Jahre. So wie unsere Ehe. Zur Verdeckung einer Straftat mit gemeingefährlichen Mitteln: So war unser Plan.

Natürlich schlug mein Gewissen an, nein, das trifft es nicht im Kern. Mein Gewissen schrie wie ein verletztes Tier. Ich war dabei, mich als Herrin über Leben und Tod aufzuspielen, quasi Selbstjustiz zu üben. Das ist weder erlaubt noch moralisch vertretbar. Und dennoch habe ich keine Sekunde gezweifelt, dass meine Entscheidung richtig war.

Wie hätte ich unserem Kind erklären sollen, dass es das Produkt eines Serienmörders war? Ich hatte schon viel gehört über Mutterinstinkt, aber ich habe mir nicht vorstellen können, dass der Mutterinstinkt bereits einsetzt, wenn das Kind, das man unter dem Herzen trägt, nicht größer ist als eine Pistazie. Natürlich habe ich die Möglichkeit abgewägt, dass ich erwischt werden könnte. In dem Fall würde ich unser Baby zur Adoption freigeben müssen.

In diesen Nächten, in denen ich neben Andy lag, habe ich mich immer wieder gefragt, wie es kommen konnte, dass ich nichts gemerkt hatte, ja, nicht einmal etwas geahnt hatte. Vielleicht war es das Gleiche wie mit den

Aktenordnern. Ich wollte diese Dinge, die mir unangenehm waren, nicht sehen, fand sie hässlich. Also wurde das Ärgernis ausgelagert. Wenn ich es nicht sehe, brauche ich mich damit nicht auseinandersetzen.

War ich wirklich so oberflächlich? Denn genau das war es doch. Ich wollte immer die schöne, glatte Oberfläche. Alles, was mein ästhetisches Empfinden oder mein Wohlbefinden störte, wurde rigoros aus meinem Blickfeld entfernt. So wie ich jetzt Andi entfernen würde. Nicole, die Königin des schönen Scheins?

Nein, nein, nein, so war ich nicht. Wie konnte ich Aktenordner oder hässliche Haarbürsten mit meinem Mann vergleichen. Aber wenn man erst einmal so einen Gedanken hat, ist es schwer, ihn wieder loszuwerden.

Ich habe eine Woche mit mir gehadert, habe mich gegeißelt. Nicht nur Andi war falsch, ich war es auch. Es war meine Freundin Ina, die mir den Kopf zurechtsetzte. Natürlich ohne es zu wissen. Sie erzählte mir am Telefon, dass ihr Exmann Torsten erneut heiraten würde. „Eine Frau, die fünf Jahre älter ist als er", beschwerte sie sich.

„Das verstehe ich nicht, der steht doch auf Jüngere, wieso hat er sich denn ständig auf Tinder Frauen gesucht, die mindestens fünf Jahre jünger waren als er?" Ich hörte an ihrer Stimme, wie wütend sie auf ihn war.

„Hast du dich eigentlich nie gefragt, ob du ihn vielleicht dazu getrieben haben könntest?"

„Was willst du damit sagen? Dass ich ihn verjagt habe? Dass ich schuld bin, dass er ständig Frischfleisch vögeln musste?"

„Nein, ich habe mich nur gefragt, ob du nicht auch mal mit dir selbst gehadert hast?“, sagte ich.

Ich wollte Ina auf keinen Fall vor den Kopf stoßen. Aber sie war sauer.

„Ich fasse es nicht, du bist ja immer noch typisch Weibchen. Der Kerl baut Scheiße, und du fragst dich, ob du schuld bist, oder was?“

„Bin ich so typisch Weibchen?“, habe ich sie gefragt. „Ich wollte dich nicht beleidigen, Ina, ich bin nur immer so beeindruckt von deiner Selbstsicherheit. Die habe ich einfach nicht.“

„Daran solltest du arbeiten, Kindchen!“

Damit war für sie der Fall erledigt. Meine Freundin hatte mir mal wieder die Augen geöffnet. Nach dem Telefonat hatte ich mir den ganzen Nachmittag immer wieder wie ein Mantra vorgesagt: Nicht ich bin schuld daran, dass Andi ein Mörder ist. Nicht ich …

Als ich am Donnerstag im Bad in den Spiegel schaute, stellte ich fest, dass ich aschfahl war. Na klar, ich hatte den Freitag so gut es ging verdrängt, aber jetzt meldete sich meine Angst mit Vehemenz zurück. Am liebsten wäre ich laut schreiend davongerannt. Aber wohin sollte ich rennen? Es gab kein Entkommen, wenn ich meinem Baby einen guten Start ins Leben ermöglichen wollte.

Wir saßen uns gegenüber am Abendbrottisch und bemühten uns, so zu tun, als ob es ein ganz normaler Abend wäre. Da wir kein Publikum hatten, fiel es viel schwerer als in der Trattoria, so zu tun, als seien wir das glückliche Paar von einst. Was wir wohl nie gewesen waren.

Jedenfalls nicht Andi. „Warst du eigentlich einen einzigen Tag wirklich glücklich mit mir?“, fragte ich ihn, während ich mir aus dem Gurkenglas ein Cornichon fischte.

„Ich war jeden Tag glücklich mit dir, das weißt du doch. Jeden einzelnen.“

Es klang falsch. Aber ich wollte es glauben, ich brauchte so dringend etwas, woran ich glauben konnte. „Du weißt, dass das, was wir vorhaben, der größte Liebesbeweis ist, den ich dir geben kann“, sagte ich.

„Müssen wir jetzt von morgen sprechen? Können wir nicht einfach einen ganz normalen Abend miteinander verbringen? Nico, bitte.“

Ich nickte. Andi machte das Gleiche wie ich, verdrängen, verdrängen, verdrängen. Ich schaute in den flackernden Schein der Kerzen, die Andi auf unserem Esstisch angezündet hatte. Alles um uns herum war so, wie ich es liebte. Unser Esstisch war schön gedeckt mit meinem Lieblingssteingut, das wir aus Italien mitgebracht hatten, die Wohnung war ordentlich und stylisch wie immer, im Kamin flackerte ein Feuer, und ein Zweig mit Hagebutten stand in der großen Glasvase. Die perfekte Kulisse für das perfekte Paar. Am liebsten hätte ich laut geschrien.

Tu einfach so, als ob alles sei wie immer. Aber das konnte ich nicht. Weglaufen, ins Bett gehen, die Decke über den Kopf ziehen, das war das Einzige, was ich mir wünschte. Aber ich hielt durch. Für Andi. Nein, Quatsch, nicht für Andi. Für mich. Für meine Erinnerung. Denn darum ging es doch. Ich würde diesen letzten Abend immer in Erinnerung haben, wie wir beide zusammen am Esstisch sitzen und den Tag Revue passieren lassen. Bei Kerzenschein und leiser Musik. Es gab einen Berufszweig, der solche Kulissen aufbaute: Staging. Da wurden leere Wohnungen schön eingerichtet, damit sie sich besser verkauften. Aber es war das Bild, was blieb. Ein schöner Abend wie tausend andere. Hoffte ich jedenfalls.

„Bringst du mir noch ein Bier mit aus dem Kühlschrank, Prinzessin?"

„Reichst du mir bitte mal den Paprika, Liebling?"

„Das Brot ist echt lecker, wo hast du das gekauft?"

Die Stunden zogen sich ins Unendliche. Wir umschifften alles, was zu Diskussionen hätte führen können. Es gab keine Erinnerungen mehr zu wälzen, es gab keine Verabredungen oder Pläne für das Wochenende oder die nächsten Ferien, es gab keine gemeinsamen Erlebnisse mehr, über die man diskutieren konnte. Ich hatte ihm erzählt, wie ich das mit dem Auto gemacht hatte, er hatte mir von seinem letzten Tag im Büro erzählt, und das war es. Irgendwann ging auch dieser Abend vorbei. Andi blieb über eine Stunde im Bad. Ich war froh darüber und tat so, als ob ich bereits eingeschlafen sei, als er ins Bett kam.

Freitag

Der Freitagmorgen begann schweigend. Ich machte uns wie jeden Morgen Kaffee, schnippelte einen Apfel und eine Birne in mundgerechte Stücke und backte uns zwei Brötchen auf. Andi schaffe es tatsächlich, sein Brötchen mit Schinken zu essen, meines landete zusammen mit dem Kaffee im Klo.

Hatte unsere Uhr in der Küche immer so laut getickt?

„Du musst", sagte ich, als es endlich halb neun war. Wir hatten verabredet, dass Andi zur gleichen Zeit wie immer das Haus verlassen sollte. Wie geplant, fuhr er mit meinem Auto fort.

Wir hatten einen Treffpunkt auf dem Parkplatz eines Einkaufscenters in Beetzsee vereinbart. Andi hatte gemeint, dass es wichtig sei, ein Center zu suchen, in dem man garantiert niemanden trifft, der uns kennt, nicht mal vom Sehen. Und eins, das in der entgegengesetzten Richtung lag.

Ich stattete den Wagen noch in unserer Tiefgarage mit den Plastiküberwürfen aus, die ich am Donnerstag bei Obi erstanden hatte. Und legte die Schippe unseres Hausmeisters in den ebenfalls mit Plastik ausgestatteten Kofferraum. Die Karnevalsmütze, die mir bereits bei der Verfolgung von Andi gute Dienste geleistet hatte, setzte ich mir erst ein paar Straßen weiter auf, weil ich Angst hatte, dass mich ein Nachbar erkennen würde.

Andi trug ebenfalls ein unauffälliges Basecap, ich hätte ihn fast nicht erkannt, als er mir an der Straße vor dem Einkaufscenter zuwinkte.

„Wo bleibst du denn so lange", motzte er mich an, „ich stehe mir hier die Beine in den Bauch. Wenn mich jemand sieht!"

„Dich erkennt kein Mensch mit diesem Basecap, sogar ich hätte dich fast übersehen."

Er warf die Tennistasche auf den Rücksitz. Andi hatte sein Handy mitgenommen, ich hatte meines einfach in der Wohnung liegen lassen, ebenso wie ich meinen Computer angeschaltet ließ. In der Tennistasche waren auch andere Schuhe, Handschuhe und Kleidung zum Wechseln untergebracht.

„Fahr bitte nicht zu schnell, nicht dass wir noch irgendwo geblitzt werden oder in eine Kontrolle kommen", wies er mich an.

Wir verließen die A 1 und fuhren auf der A 10 schweigend in Richtung Frankfurt/Oder, als mein Mann plötzlich sagte: „Mist, ich muss mal."

„Soll ich auf einen Rastplatz fahren?", fragte ich.

„Nein, das ist viel zu gefährlich, nimm einfach die nächste Ausfahrt, ich suche mir ein Gebüsch, dann kann ich da auch noch gleich das Handy entsorgen."

Bei einem Ort namens Rauen fuhr ich raus. „Fahr einfach links, da ist ein bisschen Wald. Ich sage dann Stopp, wenn ich einen Ort gefunden habe, wo ich mein Geschäft erledigen kann, aber bitte schnell."

Ich merkte, dass es pressierte, er hatte offensichtlich den sprichwörtlichen Schiss in der Hose.

„Hier kannst du halten", sagte er, und ich bog in einen Feldweg ein. Andi stieg aus und schlug sich seitwärts in die dichten Büsche.

Nach ein paar Minuten war er wieder da. „Puh", sagte er, „das war knapp."

„Hast du das Handy weggeworfen?", fragte ich.

„Ja, klar. Los, lass uns weiterfahren, nicht, dass uns noch jemand hier sieht."

Aber die Straßen waren leer, kein Auto kam uns entgegen.

Also fuhr ich wieder zurück auf die Autobahn. Je näher wir dem Ziel kamen, desto nervöser wurde ich. Würde ich es wirklich wagen, meinen Mann zu erschießen? Meine Hände waren schweißnass, ich umklammerte das Lenkrad, als wäre es ein Rettungsring.

Bei Briesen, kurz vor Frankfurt/Oder, lotste er mich von der Autobahn über mehrere kleine Straßen in ein riesiges Waldgebiet. Es war offensichtlich, dass er hier schon mal gewesen war. Andi zeigte mir einen befestigten Weg und bat mich, das Auto abzustellen. Außer dem Förster schienen sich hier nur die Füchse Gute Nacht zu sagen. Wir waren mindestens zehn Minuten auf dieser winzigen Straße gefahren, ohne einem einzigen Auto begegnet zu sein.

Ich parkte und zog den Schlüssel ab. „Hör auf zu zittern", sagte Andi. Er hatte das Geräusch des klappernden Schlüsselbundes gehört, der in meiner Hand klirrte wie ein japanisches Mobile.

„Ich habe Angst", sagte ich.

„Ich auch", gestand er und nahm mich in den Arm. „Es ist ein Abschied für immer, Nico."

„Ja", sagte ich, aber ich sperrte mich gegen seine Umarmung. „Komm, lass es uns hinter uns bringen." Ich stieg aus. Schweigend zog ich mir den Maleroverall, die Latexhandschuhe und die Gummistiefel an.

Andi nahm die Tasche vom Rücksitz, ich den Spaten, und wir gingen mitten hinein in den etwas aufsteigenden Wald.

Ich hatte Mühe, ihm mit meinen Gummistiefeln zu folgen, in die ich vorn jeweils eine Socke reingestopft hatte. Meine Beine fühlten sich an wie Pudding.

Andi führte mich zu einer Art Senke. „Das hier ist ideal, hier besteht der Boden aus lockerem Sand, da ist das Graben nicht so schwer, und du kannst mich mit Erde und Laub bedecken, das geht schnell. Und dann vergiss nicht, dass du sofort die Waffe in der Oder versenkst, versprich mir das!" Andi stellte die Tasche auf den Boden und nahm mir den Spaten aus der Hand.

„Das haben wir doch alles schon zwanzigmal durchgekaut. Ich versenke die Waffe in der Oder, ich ziehe vor dem Auto andere Schuhe an und den Overall aus und fahre mit dem Auto in eine Waschanlage. Die Schuhe werfe ich in eine Altkleiderkiste. Die Plastikplane und den Overall vernichte ich in einer öffentlichen Mülltonne. Richtig?"

„Du bist die beste Ehefrau, die ein Mann sich wünschen kann“, sagte Andi und begann zu graben. Die Erde war wirklich locker, in kurzer Zeit hatte er ein ordentliches Grab ausgehoben. Ich hatte danebengestanden und ihn beobachtet. Ich zitterte immer noch. Dabei war mir nicht kalt, im Gegenteil, ich fühlte mich unter diesem Vliesstoff wie in einer Latexhülle.

Als Andi fertig war, drehte er sich zu mir um. „So, es kann losgehen.“

Er gab mir den Revolver in die Hand, den ich sofort entsicherte. Ich atmete tief durch. Der Revolver war schwer, viel zu schwer für meine zitternde Hand.

„Ich werde dich immer lieben“, sagte er.

„Ich habe dich so geliebt, ich habe dich unendlich geliebt“, sagte ich, und meine Augen füllten sich mit Tränen. Verdammt, Nico, nicht heulen, nicht jetzt. Jetzt wurde es ernst.

„Knie dich hin“, sagte ich.

Andi schaute mir in die Augen, während er langsam in die Knie ging.

Es war wie damals. Wir waren nach Ivalo in Lappland geflogen, um den Weihnachtsmann in seinem Zuhause zu besuchen, wie uns die Werbung vollmundig versprochen hatte. Dick eingemummelt in Skianzüge hatten wir den Rentierführerschein gemacht. Dann hatte mich Andi von den anderen Rentierführerscheinerwerbern weggezogen, hinein in den tief verschneiten Wald. Wir waren mit unseren dicken Pelzstiefeln kaum durch den Schnee gekommen. „Wohin willst du?“, habe ich ihn lachend gefragt.

„Willst du mir folgen, egal wohin ich gehe?“, fragte er mich, als er sich plötzlich umdrehte. Von einem Baum rutschte mir ein großer Schneeklumpen auf den Kopf, der damals genauso in einer Kapuze steckte wie heute.

„Ich folge dir doch“, hatte ich bestätigt, während ich mir den Schnee von meinen Schultern schüttelte.

„Ich meine wirklich überall hin?“

„Wohin willst du denn noch?“

Andi ging in die Knie und sah mich mit seinen klugen, schönen Augen ganz ernst und liebevoll an. „Zu einem Altar vielleicht? Nicole Haase, willst du meine Frau werden?“

Er hatte aus der rechten Hosentasche ein Kästchen gezogen, der Brillantring funkelte in der kalten Wintersonne wie ein Eiskristall.

Ich habe diesen Ring nie wieder abgelegt. Bis zum letzten Wochenende. Es ist Andi nicht mal aufgefallen.

Mir liefen die Tränen herunter. Die Erinnerung an Ivalo war so stark, dass ich meinte, den Geruch des frischen Schnees zu riechen.

Besuch

Wie ich vorausgesehen habe, lässt der Besuch der Kriminalpolizei aus Frankfurt/Oder nicht lange auf sich warten. Ich habe diesem Besuch entgegengezittert und mich so gut es ging darauf vorbereitet. Trotzdem rutscht mir das Herz in die Hose, als es einige Tage nach dem Besuch der beiden Berliner Polizisten am frühen Vormittag heftig klingelt. Ich weiß bereits durch die drängende Art des Schellens, dass es die Polizei ist.

Kurz darauf stehen eine Frau und ein Mann vor meiner Wohnungstür, die sich als Hauptkommissarin Helene Wallbusch und Kommissar Rupert Liesegang von der Kriminaldirektion Ost vorstellen und mich bitten, eintreten zu dürfen.

„Es war also mein Mann, ja?", sage ich statt einer Begrüßung und lasse die beiden herein. Dabei muss ich so weiß im Gesicht geworden sein, dass Kommissar Liesegang mich unterfasst und ins Wohnzimmer zum Sofa führt. Er scheint zu glauben, dass ich in Ohnmacht falle, was ich liebend gern tun würde, um der Situation zu entfliehen. Helene Wallbusch fragt, ob ich ein Glas Wasser brauche. Ich kann nur nicken, meine Stimme versagt. „Wie?", stoße ich mühsam heraus.

Die Hauptkommissarin und ihr Begleiter wechseln einen Blick. „Unser aufrichtiges Beileid“, sagt Liesegang.

„Wie, ich meine, wo, wann?“, stottere ich.

Sie wollen mir nicht antworten. Damit habe ich gerechnet.

„Frau Schellhas, seit wann vermissen Sie Ihren Mann?“, fragt Helene Wallbusch.

„Seit“, ich beuge mich nach vorn, stütze die Arme auf die Knie und vergrabe das Gesicht in den Händen, mir ist so hundselend, ich muss mich zusammenreißen, ruhig atmen, ganz ruhig atmen. „Entschuldigung“, sage ich, stehe auf und renne ins Bad. Ich bin sicher, dass sie das Würgegeräusch hören.

Nachdem ich mich im Bad wieder ein wenig zurechtgemacht habe, öffne ich die Badezimmertür, die man vom Sofa aus sieht, und sage: „Entschuldigung, ich bin, äh, ich bin schwanger.“

Ich lasse mich an dem Türrahmen auf die Erde sacken, ein Weinkrampf schüttelt mich, ich kann nicht mehr sprechen, ich will auch nicht sprechen, lasst mich doch in Ruhe, lasst mich alle in Ruhe. Aber ich weiß, dass sie mich nicht in Ruhe lassen.

Hauptkommissarin Wallbusch hilft mir hoch und bringt mich zurück zum Sofa. „Gibt es jemanden, den wir anrufen können, damit Sie nicht alleine sind?“

„Ich will niemanden, lassen Sie mich in Ruhe, ich will einfach nur alleine sein.“ Doch dann überlege ich. Es wäre vielleicht gar nicht schlecht, wenn sie Ina anrufen könnten. „Vielleicht meine Freundin“, sage ich mit zitternder Stimme.

„Die Telefonnummer?“

Ich greife zu meinem Smartphone, das auf dem Couchtisch liegt, und reiche es ihr. „Ina, Ina Borchert", sage ich. Die Kommissarin stellt eine Verbindung her. Ich höre, dass Ina verspricht, sofort alles stehen und liegen zu lassen und zu mir zu kommen.

„Danke", sage ich.

„Frau Schellhas, sind Sie in der Lage, uns ein paar Fragen zu beantworten?"

„Was wird denn jetzt aus unserem Baby? Was soll ich meinem Kind sagen, wenn es nach seinem Vater fragt? Wie ist mein Mann gestorben, bitte, wie? Und weshalb?"

„Ihr Mann wurde in einem Waldstück kurz vor Frankfurt/Oder vom Revierförster aufgefunden. Er wurde erschossen."

„Warum? Wieso, ich meine wer, wer hat denn einen Grund, meinen Mann zu erschießen?"

„Das wollten wir Sie fragen", sagt Ruprecht Liesegang. Er räuspert sich. „Hatte Ihr Mann Feinde?"

„Feinde? Wie meinen Sie das? Er ist der korrekteste Mensch, den Sie sich vorstellen können, mein Mann war überall beliebt. Da können Sie jeden fragen, in seiner Firma, im Tennisclub, unsere Freunde."

„Was hat Ihr Mann beruflich gemacht?"

„Er ist Steuerberater", sage ich.

Ob ich ihnen die Firmenadresse geben könnte.

Ich diktiere sie ihm, wobei ich mich zweimal verhasple. Kann es sein, dass ich in der Aufregung die Hausnummer vergesse. Es kann sein. „Entschuldigen Sie bitte", sage ich, stehe auf und hole aus dem Flur eine Visitenkarte meines

Mannes und gebe sie dem Kommissar. Ich kann kaum die Visitenkarte halten, so sehr zittern meine Hände.

„In welchem Tennisclub verkehrte Ihr Mann?“, fragt Helene Wallbusch.

„Bei den Kängurus“, sage ich, „hier in Nikolassee.“

„Wann ist Ihr Mann verschwunden?“, fragt der Kommissar.

„Am Freitag vor knapp drei Wochen. Da ist er abends nicht nach Hause gekommen. Ich habe ihn das ganze Wochenende gesucht. Alle Freunde, alle Bekannten, alle Krankenhäuser abtelefoniert. Ich habe gefühlt, dass ihm etwas zugestoßen ist. Bitte, sagen Sie mir, wieso wurde Andi umgebracht? Er hat doch niemandem etwas getan!“

„Frau Schellhas, entschuldigen Sie bitte, aber wir müssen Ihnen diese Frage stellen: War Ihre Ehe glücklich?“

Ich nicke unter Tränen. „Ich wusste, dass diese Frage kommen wird. Sie wollen wissen, ob ich wusste, dass mein Mann, also, äh, ach verdammt, ich weiß nicht so genau, wie ich das sagen soll. War es der Homomörder?“

Ich sehe, wie die beiden Kommissare einen Blick wechseln. „Sie wussten es also?“, fragt Frau Wallbusch.

Ich nicke, stehe auf und wanke zu meinem Schreibtisch. „Schauen Sie mal“, sage ich und zeige der Hauptkommissarin Andis Laptop. „Nachdem mein Mann verschwunden ist, habe ich ihn überall gesucht. Dann bin ich auf die Idee gekommen, dass ich vielleicht einen Anhaltspunkt in seinem Laptop finden könnte.“

„Sie hatten das Passwort von dem Laptop Ihres Mannes?“

„Nein, ich habe das Ding aus seiner Kanzlei geholt und mich als Hacker betätigt. Ich habe sein Passwort nach vielen Versuchen richtig geraten. Und nun schauen Sie mal, was ich in seinem Computer gefunden habe."

Ich tippe die geheime Dateiadresse ein, und die Pornobildchen bauen sich eins nach dem anderen auf dem Screen auf.

„Sie haben das also erst gesehen, nachdem Ihr Mann verschwunden war?", fragt Liesegang.

„Ja, ich hatte gehofft, dass ich durch seinen Computer eine Idee bekommen könnte, wohin und weshalb er verschwunden ist. Wer denkt denn an so was? Und ja, wir haben eine glückliche Ehe geführt, eine sehr glückliche sogar. Das habe ich jedenfalls geglaubt, bis …" Danach sacke ich wieder heulend zusammen.

„Dürfen wir den Computer mitnehmen?", fragt die Wallbusch.

„Natürlich."

Endlich klingelt es, Ina muss geflogen sein. Wie eine Dampfwalze bahnt sie sich den Weg zu mir, nimmt mich in den Arm und sagt: „Meine Freundin muss jetzt ins Bett. Sofort. Sie sehen doch, dass sie am Ende ist."

Die beiden Kommissare stimmen ihr zu. „Bringen Sie Ihre Freundin ruhig ins Bett. Wenn Sie anschließend ein paar Minuten Zeit für uns hätten?"

Ina hat mir ein leichtes Beruhigungsmittel mitgebracht. „Das schadet auch dem Baby nicht", sagt sie, als sie mir dazu ein Glas Wasser ans Bett bringt. Ina geht raus und redet mit den Kommissaren. Ich versuche zu lauschen, so gut es geht, obwohl ich glaube zu wissen, wie Inas Version der vergangenen Wochen aussehen wird.

Ich schließe die Augen und weine leise in meine Kissen.

Denn immer, wenn ich die Augen schließe, sind sie wieder da, die Bilder aus dem Wald, Andi und ich zwischen Kiefern und Sträuchern neben dem Grab, das mein Mann geschaufelt hat.

Ich frage mich, ob ich dieses eine, das letzte Bild jemals wieder loswerden kann in meinem Leben, der Blick in Andis Augen.

Das Bild verschmilzt zu einer Einheit mit der Szene in Ivalo, die mir in diesem Moment im Wald in den Sinn gekommen war. Dazwischen liegen fünfzehn Jahre.

Denn das, was ich in seinen Augen sah, war weder Angst noch Liebe oder Mitleid. Es war noch nicht einmal Wahnsinn. Andi starrte mich mit einem eiskalten, berechnenden Blick an, der seine Worte und alle meine Erinnerungen an ihn Lügen strafte.

„Tut mir leid, Schatz", sagte er, und dann hörte ich das Geräusch eines Revolvers, der entsichert wurde. Er hatte ihn aus seiner rechten Hosentasche gezogen. Der Lauf zeigte direkt auf meine Brust.

„Mir auch", sagte ich.

Und dann drückte ich ab. Hat er gesehen, dass ich dabei gelächelt habe?

Nie, nie werde ich das Erstaunen in seinen Augen vergessen, bevor sein Kopf durch die Wucht des Einschusses nach hinten geschleudert wurde. Obwohl ich so gezittert hatte, habe ich richtig getroffen. Seine Gehirnmasse wurde durch die Austrittwunde nach draußen katapultiert. Selbst als Andis Körper zur Seite kippte, waren seine Augen immer noch ungläubig aufgerissen.

In Sekundenschnelle war er tot. Ich hatte zwar keine Zeit zum Üben gehabt, aber Andi hatte mir vorher genau die Stelle gezeigt, wo ich die Waffe hatte ansetzen müssen. Ich sicherte mit zitternden Händen den Revolver und begab mich auf die Suche nach der Patrone. Denn die hatte ich vorher angefasst.

Märkische Allgemeine

War der Tote von Briesen Opfer eines Serienmörders?

Nach dem Fund einer männlichen Leiche in einem Waldstück in Briesen bei Frankfurt/Oder schließen die Ermittler einen Zusammenhang mit acht weiteren Morden nicht aus, die in den vergangenen drei Jahren auf das Konto eines Serientäters zu gehen scheinen. Der Tote konnte als Andreas Sch. identifiziert werden. Der Berliner Steuerberater war von seiner Ehefrau vor knapp drei Wochen als vermisst gemeldet worden.
Für einen Serientäter spricht, dass die meisten Männer in der Nähe von Parkplätzen gefunden wurden, die als Treffpunkte von Homosexuellen gelten. Noch ist nicht klar, ob der Mann mit derselben Waffe erschossen wurde wie die acht anderen Opfer. Das Ergebnis der ballistischen Untersuchung steht noch aus. „Wir ermitteln natürlich in alle Richtungen", sagte eine Sprecherin der Polizeidirektion Ost.
Die Leiche des 39-Jährigen war am Dienstag in einem Waldstück in der Nähe der A 12 bei Frankfurt/Oder vom zuständigen Revierförster gefunden worden. Der Tote war nur notdürftig verscharrt worden.
„Wir haben die Umgebung weiträumig abgesucht und dabei auch Kleidungsstücke gefunden", sagte die Polizeisprecherin. Ob die Kleidung dem Toten gehörte, sei noch unklar.

Ermittlungen

Der erste Besuch der Kriminalpolizei ist glimpflich verlaufen. Nachdem die Kommissare Ina ausführlich über meine Beziehung zu Andi befragt hatten, haben sie meine Wohnung verlassen. Ich tue so, als ob ich schlafe, denn ich will, dass auch Ina geht. Ich will alleine sein mit meiner Angst und mit den schrecklichen Bildern, die ich immer wieder vor Augen habe.

„Du wirst das ganz allein mit dir ausmachen müssen", hat Andi gesagt. War das wirklich erst vor knapp einem Monat? Es kommt mir vor, als ob ein ganzes Leben zwischen mir und Andi läge.

Bevor ich mich ganz meinen Gedanken hingeben kann, muss ich das Unangenehmste überhaupt hinter mich bringen: Ich muss Andis Eltern davon unterrichten, dass ihr Sohn tot aufgefunden wurde. Da ich nicht zum Prokrastinieren neige, greife ich mir das Telefon, sobald die Tür hinter Ina ins Schloss gefallen ist.

„Schellhas, hallo, Nico. Sie haben ihn gefunden, nicht wahr?" Ulrikes Stimme klingt gepresst. Sie hat wohl geahnt, dass ihr Sohn nicht mehr unter den Lebenden weilt.

„Ja." Mehr bringe ich nicht heraus, mir sitzt ein dicker Kloß im Hals.

„Wo?", fragt Ulrike.

„In einem Wald bei Frankfurt/Oder. Er ist erschossen worden." Dabei fange ich an zu heulen, ich kann nicht anders, mir strömen die Tränen aus den Augen, es ist vor allem mein Mitleid mit Ulrike. Das Schlimmste, was einer Mutter passieren kann, ist vom Tod ihres Kindes zu hören. Das weiß ich jetzt, obwohl mein Kind noch nicht mal geboren ist.

„Warum?", fragt Ulrike. Sie ist so unglaublich beherrscht.

„Ich weiß es nicht."

„Er war auf Männersuche, nicht wahr?", fragt sie mit gepresster Stimme.

„Du weißt …?"

„Dass mein Sohn schwul war? Natürlich, was dachtest du denn."

Für einen Moment verschlägt es mir die Sprache. „Wieso hast du nichts gesagt?" Ich bin total verdattert.

„Was sollte ich denn dazu sagen?", fragt sie mich.

„Warst du nicht erstaunt, dass wir geheiratet haben?"

„Nico, mir brauchst du nichts vormachen! Das hat nicht mal Werner geglaubt. Und wegen ihm habt ihr die Scharade von der ach so glücklichen Ehe doch aufgeführt, oder?"

„Welche, was? Du glaubst, wir haben das glückliche Paar nur gespielt, oder was?"

„Na komm, das war doch vom ersten Tag an klar. Du und deine Freundin Tina, oder wie sie heißt, ihr wart doch die ganze Zeit ein Paar, das hat doch ein Blinder mit Krückstock gesehen."

„Wie bitte? Was redest du denn da? Ulrike, ich hatte keine Ahnung, dass Andi auch auf Männer stand."

„Das kannst du mir nicht erzählen, dir sieht man die Lesbe auf hundert Meter Entfernung an."

Jetzt bin ich wirklich sauer. Ich hole einmal tief Luft. „Ulrike, es tut mir wahnsinnig leid, dass dein Sohn tot ist. Aber das muss ich mir nicht von dir bieten lassen. Ich hatte nicht den Hauch eines Verdachts, dass Andi bisexuell sein könnte. Erst als ich Pornofotos auf seinem Laptop gefunden habe, während ich nach Anhaltspunkten für sein Verschwinden gesucht habe, habe ich kapiert, dass dein Sohn auch auf Männer steht. Und ich habe nie ein Verhältnis mit einer Frau gehabt – und mit Ina schon gar nicht. Wenn du mich vor unserer Ehe gewarnt hättest, hättest du uns viel Leid erspart. Ich lege jetzt auf!"

„Du willst mir doch nicht erzählen, dass euer Kind auf natürliche Weise gezeugt wurde?"

Das wird mir jetzt echt zu viel. Ich drücke die Aus-Taste und lasse mich in meine Kissen sinken. Das kann doch nicht wahr sein, Ulrike denkt, wir seien ein schwul-lesbisches Paar gewesen. Mir fällt ein, wie sauer Andi auf seinen Vater war und auf seine Mutter, die ihn nie verteidigt hat. Dafür hat sie ihn wohl lebenslang gedeckt.

Das Gespräch hat mich nicht nur wütend gemacht, sondern vor allem ängstlich. Was, wenn Ulrikes These die Runde macht? Würde mir noch jemand die glückliche Ehefrau abnehmen, die ihren Mann überall gesucht hat und erst nach seinem Tod auf entlarvende Fotos gestoßen ist? Würde die Polizei nicht genau das untersuchen? Würden sie dann darauf stoßen, dass wir mit dem Arzt über künstliche Befruchtung gesprochen hatten? Wäre das nicht eine Bestätigung für Ulrikes Behauptung?

Was für ein Schlamassel. Damit hatte ich bei allen Überlegungen im Vorfeld überhaupt nicht gerechnet. Und ich hatte einige Überlegungen angestellt, die Andi mir nicht zugetraut hat. So war ich zum Beispiel in einem Internetcafé gewesen, um keine verräterischen Spuren auf meinem Computer zu hinterlassen, sicher ist sicher.

Dort hatte ich nicht nur das Strafmaß für Mord recherchiert. Sondern zum Beispiel auch nach Treffpunkten für Homosexuelle in Brandenburg gesucht. Der Platz in Briesen bei Frankfurt/Oder, der angeblich in der Szene „Polenbums“ genannt wurde, war nirgends zu finden. Es gab nur einen verbrieften Schwulentreffpunkt in Frankfurt/Oder, und der lag zwischen Hauptfriedhof und IBB, hinter einer Tankstelle. Darüber hinaus recherchierte ich den Modus Operandi der Parkplatzmorde: Keine der Leichen war in einem Grab vergraben gewesen, alle waren notdürftig verscharrt, beziehungsweise der letzte Tote war, wie ich live miterlebt hatte, einfach im Wasser hinter dem Schilf versteckt worden. Außerdem hatte ich mich gefragt, was geschehen wäre, wenn ich nicht Andis Frau, sondern eine unbekannte Frau gewesen wäre, die zufällig Zeugin des Mordes geworden war. Hätte Andi diese Frau am Leben gelassen? Wozu dann die Verfolgungsjagd?

Aus diesen Erkenntnissen konnte ich nur einen Schluss

ziehen: Andi wollte nicht erschossen werden, Andi wollte mir ein schönes, tiefes Grab im märkischen Sandboden unter hohen Kiefern schaufeln und mich dort hineinbefördern. Ich musste also davon ausgehen, dass er versuchen würde, mir die Pistole zu entreißen, um mich damit zu erschießen. Und so überlegte ich während Andis letzten Stunden fieberhaft, wie ich ihm entkommen könnte.

Ich beschloss, dass der Parkplatzmörder diesmal anders morden würde: Ich beabsichtigte, Andi von hinten zu erschießen, während er mein Grab schaufelte. Das kam mir auch deshalb entgegen, weil ich ihm dabei nicht in die Augen würde blicken müssen.

Aber dann kam mir der Zufall zu Hilfe: Andi überkam während unserer Fahrt nach Briesen ein menschliches Rühren. Während er sich seitwärts in die Büsche schlug, wollte ich die Waffe in der Seitentasche seiner Tennistasche prüfen.

Ich fasste hinein und zog den Revolver ein Stück höher. Doch es war nicht der Revolver, den ich zusammen mit Andi mit Patronen befüllt hatte, sondern ein völlig anderes Modell. Schnell fasste ich in die Seitentasche gegenüber: Darin steckte der Revolver, mit dem Andi bisher gemordet hatte. Er wollte also den Mord an mir so inszenieren, dass niemand auf den Parkplatzmörder als Täter schließen würde.

Schnell öffnete ich die Trommel „meines" Revolvers, sie war leer. Wie hinterlistig! Ich blickte hoch, von Andi keine Spur. Deshalb öffnete ich die Trommel des anderen Revolvers und leerte die Patronen in meine Hand. Dann steckte ich ihn wieder in die Seitentasche und füllte den Revolver, den Andi mir zugedacht hatte, mit den Patronen.

In dem Moment trat Andi wieder ans Auto.

„Was machst du da?“, fragte er misstrauisch.

„Ich gucke nur, ob ich auch meine anderen Schuhe nicht vergessen habe. Ich bin schrecklich nervös, Andi.“

„Es wird alles gut, Schatz, vertrau mir.“

Das habe ich fünfzehn Jahre lang getan, nun nicht mehr, dachte ich. Während wir die letzten Kilometer zu unserem Ziel zurücklegten, versuchte ich mich zu beruhigen. Ich fasste es einfach nicht, wie der Mann lügen konnte. Schätzchen, Liebchen, Prinzessin, ich liebe dich so sehr – alles Lüge. Der Kerl wollte die einzige Zeugin loswerden, ohne Gewissensbisse. Am liebsten wäre ich mit Vollgas in eine Leitplanke gefahren und hätte unsere beiden Leben damit beendet. Aber dann dachte ich an unser Baby und wusste, dass ich da durchmusste.

Und so kamen wir auf der kleinen Straße zum Stehen. Andi nahm die Tasche, ich zog meinen Verhüterli-Anzug, Handschuhe und Gummistiefel an und folgte ihm mit dem Spaten. Am liebsten hätte ich meinen Ehemann von hinten mit dem Spaten erschlagen. Aber Andis Plan war besser, wenn ich nicht in Verdacht geraten wollte.

Nicht weit von der Straße entfernt begann Andi wortlos, das Grab zu schaufeln. Ich wusste, dass er den neuen Revolver in seine Hosentasche gesteckt hatte, obwohl ich ihn dabei nicht beobachten konnte. Er hatte wohl Übung darin, Revolver ungesehen in die Hand zu nehmen.

Als Andi vor mir kniete, musste ich den entsicherten

Revolver mit beiden Händen festhalten. Man glaubt gar nicht, wie schwer so eine Waffe mit Schalldämpfer ist.

„Es tut mir leid", sagte Andi und hielt mir seine Waffe ans Herz.

In dem Moment habe ich abgedrückt.

Nie werde ich seinen erstaunten Blick vergessen, der in seine eisgrauen Augen getreten war.

„Mir auch", habe ich noch gesagt.

Ich weiß nicht, ob er es noch gehört hat, es war mir auch egal.

Wenn ich noch Nanosekunden vor dem Schuss gezittert hatte, danach war ich ganz ruhig. Das, was ich getan hatte, war kein Mord, sondern Notwehr. Ich suchte das Projektil auf dem Waldboden, zog Andi in das ausgehobene Grab, nahm seine Schuhe, öffnete seine Hose und bedeckte Andi mit Sand, Zweigen und trockenen Kiefernnadeln. Wahrscheinlich werden sich die Kriminaltechniker fragen, warum sich jemand so eine Mühe gemacht hat, ein Grab auszuheben, ohne es später auch wieder zuzuschaufeln. Doch ich wollte es weitestgehend so wirken lassen, wie es bei den anderen Morden gewesen war. Hatte ich etwas vergessen?

Ich schaute mich um, seine Jacke lag auf dem Boden, ich schmiss die Schuhe daneben, steckte die beiden Revolver wieder in die Tennistasche und stapfte mit meinen Riesengummistiefeln Richtung Fahrzeug.

Niemand kam mir entgegen. Im Auto zog ich die Gummistiefel über der Plastikplane aus und entledigte mich des Maleranzugs. Sehr praktisch, diese Vliesanzüge.

Der Spaten lehnte ebenfalls gegen den Vordersitz. Noch immer war kein Auto an mir vorbeigefahren, ich schaffte es sogar bis zur Autobahn, ohne dass mir ein Wagen entgegenkam. Ein paar Kilometer weiter bin ich wieder runter von der Autobahn und habe die Waffe, mit der so viele Menschen ermordet worden waren, von einer Brücke aus in die Spree geworfen. Und einige dieser ermordeten Menschen waren noch nicht einmal gefunden worden. Zur Sicherheit habe ich die Waffe gründlich abgewischt und alle Patronen herausgenommen. So sehr ich vor der eigentlichen Tat gezittert hatte, so ruhig war ich hinterher.

Die Waffe, mit der Andi mich hatte erschießen wollen, warf ich am Sonntagabend bei Potsdam in den Tiefer See. Wer weiß, wo er die aufgetrieben hatte. Alles andere habe ich an unterschiedlichen Orten entsorgt, so wie Andi es geplant hatte. Ich habe den Spaten zurückgestellt und bin zu einer Autowaschanlage in Steglitz gefahren, weit weg von zu Hause. So gründlich habe ich noch nie ein Auto gesaugt.

Immer wieder gehe ich alle Vorsichtsmaßnahmen durch. Ich werde die Angst nicht los, irgendwo einen Fehler gemacht zu haben. Das, was ich in den letzten Wochen erlebt habe, möchte ich keinem Gericht der Welt erzählen müssen. Gott wird mich richten, aber ich bin mir sicher, dass er ein mildes Urteil fällen wird.

Die Beerdigung

Es dauert Wochen, bis die Polizei die Leiche freigegeben hat. Ulrike und Werner sind zur Beerdigung angereist, Mama und Ina müssen mich stützen, denn ich bin kurz davor, die Besinnung zu verlieren. Das alles ist einfach zu viel für mich.

Ulrike hat sich einen Tag nach unserem Telefonat bei mir entschuldigt. Ich vermute, Ina, bei der ich mich natürlich ausgeweint hatte, hat ihr ins Gewissen geredet, denn der Meinungsumschwung kam plötzlich und unerwartet. Meiner Mutter habe ich nichts von Ulrikes Verdacht erzählt. Sie hätte Ulrike die Augen ausgekratzt.

Auch Hauptkommissarin Helene Wallbusch und Kommissar Rupert Liesegang sind zur Beerdigung auf dem Zehlendorfer Waldfriedhof erschienen. Sie gehören der Sonderkommission *Homomörder* an, die von der Potsdamer Polizei gebildet wurde.

Alle unsere Freunde und der halbe Tennisclub sind gekommen, um Andi die letzte Ehre zu erweisen. Natürlich sind auch alle seine Mitarbeiter erschienen. Sigurd und Doro haben von Andi die Kanzlei geerbt, sie werden sie weiterführen.

Viele der Menschen kenne ich gar nicht, die mir hier kondolieren. Vielleicht sind noch mehr Kommissare in der Kapelle am Waldfriedhof erschienen. Ich kenne nur die beiden aus Frankfurt/Oder.

Ich habe darauf bestanden, dass Andi anonym verscharrt wird. Alles andere wäre mir vorgekommen wie Blasphemie. Ich wollte auch nicht, dass der Pfarrer irgendeinen frommen Schwachsinn oder schöne Lügen über das Leben meines Mannes verbreitet. Wir haben uns auf ein paar Gebete und ein schönes Lied geeinigt: „Niemals geht man so ganz" von Trude Herr. Davon bekomme ich kaum etwas mit, weil mich ein heftiger Weinkrampf schüttelt.

Wallbusch und Liesegang haben mich mehrmals befragt. Es heißt Befragung, nicht Vernehmung, haben sie mir auf meine Frage hin gesagt. Sollten sie irgendeinen Verdacht gegen mich gehegt haben, so haben sie es mich wenigstens nicht merken lassen. Auch Ina wurde von den Kommissaren heimgesucht, ebenso wie unsere Freunde und natürlich auch unsere Eltern. Ich weiß, dass alle das Gleiche gesagt haben: *Nico und Andi waren das glücklichste Paar, das man sich vorstellen kann.*

Ja. Das waren wir.

Der Tagesspiegel

Polizei jagt Serienkiller in Brandenburg

Potsdam – Die Kriminalpolizei in Brandenburg jagt einen Serientäter. Wie ein Sprecher des Polizeipräsidiums in Potsdam mitteilte, wurde nach dem erneuten Fund einer männlichen Leiche eine Sonderkommission gebildet.

Der in einem Waldstück in der Nähe von Frankfurt/Oder gefundene Tote Andreas Sch. aus Berlin war mit derselben Waffe erschossen worden wie drei weitere Männer, deren sterbliche Überreste im Laufe dieses Jahres in der Nähe von Parkplätzen auftauchten, die als Treffpunkte von Homosexuellen gelten.

Im Juni war der kaum verscharrte Körper eines 48-Jährigen in der Nähe des Rastplatzes Linumer Bruch gefunden worden. An der Autobahnraststätte Parforceheide / Am Stern war ein 23-Jähriger im Wald erschossen und vergraben worden. Seine Leiche wurde erst im Juli entdeckt, nachdem Tiere den bereits im Mai als vermisst gemeldeten Mann ausgegraben hatten. Im September wurde die Leiche eines 42-Jährigen im Schilf am Lienewitzsee in unmittelbarer Nähe der A 10 von einem Angler entdeckt. Die vier Männer starben an Kopfschüssen und waren nur teilweise bekleidet.

Die Tatwaffe wurde bisher nicht gefunden. Wie die Kriminalpolizei ermittelte, war dieselbe Waffe bereits

bei fünf weiteren Morden in den Vorjahren benutzt worden. Diese vorangegangenen Morde sind allerdings in unterschiedlichen Bundesländern auf Parkplätzen entlang der großen Autobahnen verübt worden, während sich die diesjährigen Morde auf das Gebiet von Brandenburg konzentrierten.
Der Polizeipräsident in Brandenburg bittet um große Vorsicht bei anonymen Treffen auf einschlägig bekannten Parkplätzen und fordert die Bevölkerung zur Mithilfe auf. Wer hat die Opfer auf den Parkplätzen in Begleitung gesehen? Sachdienliche Hinweise nimmt jede Polizeidienststelle in Brandenburg entgegen. Für Hinweise, die zur Ergreifung des Täters führen, wurde eine Belohnung von zehntausend Euro ausgesetzt.

Vier Jahre später

Ich höre, wie die Haustür aufgeschlossen wird. Meine Tochter rennt zur Tür, ihr Vater nimmt sie auf den Arm und wirbelt die Kleine durch die Luft. Es ist eine ganz große Liebe zwischen den beiden.

„Andi", rufe ich, „wasch dir die Hände, wir essen gleich."

Mein Mann kommt in die Küche und hält mir schnuppernd die Nase an den Nacken. „Was gibt's denn?"

„Pasta", sage ich. Nudeln sind Leanders Lieblingsgericht. Wir haben vor knapp einem Jahr geheiratet. Leander hat meine Tochter Andrea adoptiert.

Man kann nicht nur einmal lieben im Leben, hat mir meine schlaue Freundin Ina vor vier Jahren versprochen. Ich habe ihr nicht geglaubt. Damals dachte ich noch, nie wieder so sehr lieben zu können, nie wieder vertrauen zu können. Wie ich mich doch geirrt habe.

In den ersten Monaten nach Andis Tod bin ich bei jedem Klingeln zusammengezuckt. Ich habe darauf gewartet, dass die Wallbusch und der Liesegang vor meiner Tür stehen und sagen: „Sie sind verhaftet." Die Angst ließ auch nicht nach, nachdem die Lebensversicherung die Police zur Zahlung freigegeben hat, was bedeutete, dass ich offiziell von jedem Verdacht befreit war. Aber nach und nach wurde es besser, nur einen gesunden Schlaf konnte ich lange nicht finden. Das lag auch an meiner süßen kleinen Andrea, die sich als echtes Schreibaby entpuppte.

Mein kleines Mädchen klettert auf ihren Stuhl am Esstisch und klopft mit dem Löffel auf den Teller. Sie hat Andis schöne, graue Augen. Wenn sie lacht, bilden sich auf ihren Wangen zwei entzückende Grübchen. Ich werde immer an ihn denken müssen, wenn ich meiner Tochter in ihr hübsches Gesicht schaue.

Wenn sie erwachsen ist, werde ich ihr erzählen, dass ihr Vater ermordet wurde. Und dass ihr Vater ein wundervoller, liebevoller Mann war, der sich sehnlichst ein Kind gewünscht hatte. Bis dahin wird Leander ihr Vater sein. Einen besseren gibt es nicht.

Liebe Leserin, lieber Leser,

vielen Dank, dass Sie dieses Buch bis hierhin gelesen haben. Wenn ich Ihnen ein paar spannend-entspannende Stunden bereiten konnte, dann habe ich mein Ziel erreicht. Schreiben Sie mir, wie Ihnen das Buch gefallen hat, ich freue mich über Post von Ihnen:

info@nikalubitsch.de

Wenn Sie sehen wollen, wie es in meinem täglichen Leben aussieht, dann treffen Sie mich hier:

www.facebook.com/NikaLubitsch

Und wenn Sie auf keinen Fall wieder eine Neuerscheinung oder einen Deal verpassen wollen, dann würde ich mich freuen, wenn Sie sich auf meiner Website

www.nikalubitsch.de

zu meinem Newsletter anmelden. Zur Anmeldung direkt geht es hier:

nikalubitsch.de/newsletteranmeldung

Übrigens: Über eine Rezension bei Amazon freue ich mich ganz besonders.

Auf ein Wiederlesen.
Ihre Nika Lubitsch

Der 7. Tag

„Der 7. Tag" ist ein hinterhältiger Kriminalroman mit unerwartetem Ausgang. Sybille und Michael sind ein glückliches Paar, jetzt endlich erwarten sie ein Baby. Da verschwindet Michael spurlos. Sybille befindet sich mitten in einem Albtraum, aus dem es kein Erwachen gibt. Als ihr Mann erstochen aufgefunden wird, gibt es nur eine Verdächtige: seine Ehefrau. Die Anklage lautet auf Mord. Während Sybille vor Gericht den Ausführungen der Zeugen zuhört, zieht ihr gemeinsames Leben an ihr vorbei. Am siebenten Prozesstag erkennt Sybille plötzlich die Wahrheit. Sie muss sie nur noch beweisen.

Das Buch stand monatelang auf Platz 1 der Kindle-Bestsellerliste und ist in viele Sprachen übersetzt worden. Oliver Berben hat das Buch für das ZDF mit Stefanie Stappenbeck, Marcus Mittermeier, Steve Windolf, Henning Baum und Josefine Preuß verfilmt. Regie: Roland Suso Richter. Mehr als sechs Millionen Zuschauer sahen die Erstausstrahlung im ZDF als Fernsehfilm der Woche am 23. Oktober 2017.

Das 5. Gebot

Die Engländerin Vicky findet beim Joggen im Berliner Grunewald eine Leiche, die aussieht wie eine Zwillingsschwester. Als ihre Mutter in England getötet wird und Vicky mit viel Glück einen Mordversuch überlebt, ahnt sie, dass es ein dunkles Familiengeheimnis geben muss. Die Suche nach der Wahrheit führt Vicky quer durch Europa und weit zurück in die Vergangenheit. Es beginnt ein Wettlauf mit dem Tod.

Auch der zweite Roman von Nika Lubitsch konnte wieder Platz 1 der Kindle-Bestsellerliste erreichen.

Das 2. Gesicht – Thriller

Nach einer überstürzten Hochzeit folgt Julia dem weltberühmten Thrillerautor George Osterman nach Amerika und findet sich unversehens mutterseelenallein in seinem luxuriösen Anwesen in Florida wieder – George zieht es vor, seine Thriller an einem geheimen Ort zu schreiben. Doch dann tauchen in den Everglades Leichenteile auf, deren Verstümmelungen Julia erschreckend an Georges Bücher erinnern. Wer ist der Mann, den sie geheiratet hat und der sich jetzt vor ihr in seinem Strandhaus versteckt? Gemeinsam mit ihrer Freundin begibt sie sich auf die Suche nach dem wahren Ich ihres Mannes. Sie werden in einen tödlichen Strudel von Ereignissen gerissen, zu denen George Osterman das Drehbuch schrieb.

Der 1. Mann

Lara und Oliver sind ein glückliches Paar – bis zu dem Tag, an dem der Arzt Lara eine niederschmetternde Diagnose stellt. Statt ihr in den dunkelsten Stunden beizustehen, wendet sich Oliver von Lara ab. Im Krankenhaus lernt Lara Simone kennen. Auch sie wurde von ihrem Mann im Stich gelassen. Die beiden Frauen schmieden einen perfiden Plan. Doch dann kommt alles ganz anders, und Lara findet sich im Zusammenhang mit drei Morden vor Gericht wieder …

Mord im 4. Haus

Bestialische Morde in einem Berliner Vorort: Eine ganze Familie sollte ausgelöscht werden, nur Jonas, der geistig behinderte Sohn, überlebt schwer verletzt das Massaker. Für die Justiz scheint der Fall abgeschlossen, der Nachbar wurde dafür lebenslänglich ins Gefängnis geschickt. Für dessen Frau ist die Gerichtsreporterin Sybille Thalheim die letzte Hoffnung. Sybille, die einst selbst unschuldig im Gefängnis saß, beginnt zu recherchieren und stößt dabei auf entsetzliche Zusammenhänge, die selbst die hartgesottene Reporterin tief erschüttern. Sie kommt einem Thema auf die Spur, das bis heute in den Medien totgeschwiegen wird. Als sie mit ihren Recherchen skrupellose Mitglieder eines international agierenden Syndikats aufschreckt, findet sie sich zusammen mit Jonas, dem überlebenden Sohn, gefesselt auf dem Boden eines DHL-Transporters wieder …

Ein Wiedersehen mit Sybille Thalheim, der Heldin aus „Der 7. Tag“. Auch diese Krimi ist von der Produktionsgesellschaft *moovie* von Oliver Berben optioniert worden.

Mord auf Seite 3

Als die Leiche der kleinen Zoe als Engel drapiert in einem Berliner Wald gefunden wird, soll die Journalistin Jessica ihre Geschichte für die Seite 3 schreiben. Kurz darauf erschüttert ein weiterer Mord die Öffentlichkeit – und diesmal ist Jessica direkt betroffen. Ihre geliebte Tante Angela, eine berühmte Krimiautorin, wurde in ihrem Landhaus erdrosselt, offensichtlich das Werk eines in Brandenburg fieberhaft gesuchten Frauenmörders. Jessica erbt nicht nur das Landhaus, sondern erfährt hier auch mit Schrecken von der dunklen Seite ihrer Verwandtschaft. Noch ahnt sie nicht, dass sie mit ihren Recherchen nicht nur einem Serienmörder zu nahe kommt.

Der 6. Geburtstag

Bei einem Ausflug in die White Mountains hat Joleen einen schweren Autounfall und fällt ins Koma. Ihre vierjährigen Zwillinge schweben ebenfalls in Lebensgefahr. Als wäre das nicht schon schlimm genug, will der Staatsanwalt Joleen des versuchten Mordes an ihren Kindern anklagen. Ihr Mann Robert glaubt nicht an Joleens Schuld, auch wenn viele Indizien gegen sie sprechen. Während Robert um das finanzielle Überleben der Familie kämpft, macht er eine dramatische Entdeckung. Sollte Joleen sterben, weil jemand ein entsetzliches Verbrechen zu verbergen sucht? Robert stürzt sich in die verzweifelte Suche nach der Wahrheit. Kann er seine Frau vor lebenslanger Haft bewahren und den Schleier von einem düsteren Geheimnis in ihrer Vergangenheit reißen?

Die 12. Nacht

Nicole und Sarah wollen ihre Weihnachtsferien auf einem einsam gelegenen Hof im Thüringer Wald verbringen. Nach einem heftigen Schneesturm ist der Hof von der Außenwelt abgeschnitten. Die Frauen vertreiben sich die Zeit mit alten Märchen und Thüringer Sagen. Aber es sind nicht nur die gruseligen Geschichten von den zwölf Raunächten, die sie zunehmend beängstigen, sondern vor allem die unheimlichen Geräusche, die sie Nacht für Nacht aus dem Schlaf reißen. Als tagsüber wie aus dem Nichts unbekannte Spuren im Haus auftauchen, steigert sich ihre Angst bald zur Panik: Gibt es einen nächtlichen Besucher? In der zwölften Nacht wird aus den alten Mythen blutiger Ernst.

Im 8. Kreis der Hölle

Daniela ist acht Jahre alt, als ihre große Schwester Franzi in einer Sommernacht spurlos verschwindet. Die Polizei geht von einem Tötungsdelikt aus, doch Franziskas Leiche wird nie gefunden. Daniela fühlt sich mitschuldig am Zerbrechen ihrer Familie, denn seit jener Sommernacht hütet sie ein Geheimnis. Zwanzig Jahre später erkennt Daniela die totgeglaubte Schwester auf einem kanadischen Zirkusplakat. Die Suche nach Franzi führt Daniela zurück in die Vergangenheit, sie gerät in einen Strudel aus Verbrechen und Verrat, der sie in den Abgrund zu reißen droht. Statt in den Armen ihrer geliebten Schwester landet sie unter Mordverdacht vor einem Haftrichter in Montreal.

Deck 9 – Tod auf dem Atlantik

Eine mörderische Kreuzfahrt mit Sybille Thalheim, der Heldin aus Nika Lubitschs internationalem Bestseller „Der 7. Tag".

Einst stand Sybille Thalheim wegen eines Mordes, an den sie keine Erinnerung hatte, vor Gericht. Jetzt unternimmt sie als Reporterin für das Magazin Cosmos eine Transatlantikkreuzfahrt, um über Verbrechen auf hoher See zu berichten. Ausgerechnet Sybille wird zwischen Rio und Rom Zeugin, wie eine junge Frau in Panik vor einem Mann flieht, der behauptet, ihr Ehemann zu sein. Sybille hilft der jungen Frau, die ihr Gedächtnis verloren hat, was sie bald bereut. Als ihr angeblicher Ehemann ermordet aufgefunden wird, gibt es nur eine Verdächtige: die Frau, die er Nina nannte. Sybille ahnt nicht, dass sie sich auf ein lebensgefährliches Spiel mit übermächtigen Gegnern einlässt. Als auch Nina niedergestochen wird, ist es bereits zu spät, um auszusteigen. Denn Sybille ist der Wahrheit lebensgefährlich nah gekommen.

Haus Nummer 13

„Machen Sie das Haus nicht unglücklich, sonst wird es Sie unglücklich machen."

Die alte Villa mit der Hausnummer 13 ist Claudias Traumhaus. Kurz nachdem sie und ihr Mann es gekauft und mit den Renovierungsarbeiten begonnen haben, erhalten sie einen sonderbaren Brief. Ein anonymer Schreiber warnt die neuen Besitzer davor, etwas an dem Haus zu verändern, andernfalls würde sich das Haus rächen und ihre Familie zerstören. Anfangs hält Claudia das für eine harmlose Spinnerei, doch es folgen weitere Briefe, die vermeintlich auch ihre Kinder bedrohen und wie Gift in das Leben der Familie tröpfeln. Die Details, die der Schreiber kennt, werden immer persönlicher und die Drohungen immer schlimmer. Als eine Leiche im Keller gefunden wird, hat Claudias Traumhaus sich vollends in einen Albtraum verwandelt.

Bella, 14

Sie waren das vierblättrige Kleeblatt: Bella, Jana, Funny und Alessa. Bis die vierzehnjährige Bella eines Tages von einem gemeinsamen Badeausflug nicht zurückkehrte.

Zwanzig Jahre später: Alessa hat als Richterin den Vorsitz bei einem Prozess gegen einen Starfotografen. Der Prozess führt sie in die Welt junger Mädchen, die von einer Modelkarriere träumen. Aber nicht nur die Zeuginnen in Alessas Gerichtssaal waren bereit, dafür alles zu geben. Bei der Beweisaufnahme fallen Alessa immer mehr Ereignisse ihrer eigenen Jugend ein. Könnte es sein, dass sie dem Angeklagten schon einmal begegnet ist? Und was hat das mit dem Mord an ihrer Freundin Bella zu tun? Lang Verdrängtes stürzt Alessa in einen Gewissenskonflikt. Als Richterin weiß sie nur zu gut, wie trügerisch Erinnerungen sein können. Deshalb begibt sie sich auf die Suche nach ihren alten Freundinnen und kommt dabei dem Abgrund viel zu nah.

10 Stunden Ewigkeit

Von der Jägerin zur Gejagten – dem Bösen zu nah

Christine Morten, tagsüber treu sorgende Professorengattin und Mutter, macht nachts als „chrissie_10" im Internet Jagd auf Serienkiller. Im ganzen Land bekannt ist ihre im Netz veröffentlichte Liste von Verbrechen, die mithilfe von Online-Annoncen begangen wurden. Eines Nachts bringt der Mord an einer Studentin Chrissie auf die Spur des „Ivy-League-Rippers" – und sie beschleicht ein schrecklicher Verdacht. Als kurz darauf das

FBI ihr Haus stürmt, versucht Chrissie ihren Sohn in Sicherheit zu bringen. Das erweist sich als fataler Fehler. Für Chrissie beginnen zehn Stunden Ewigkeit.

11 Stufen

Als Erstes gab der Atlantik ihren roten Anorak frei
Lea flieht aus ihrer kaputten Ehe nach Irland. Im Galway County findet die erfolgreiche Krimiautorin ein Ferienhäuschen und sehr schnell Anschluss an die deutsche Vermieterin Karin und ihre Tochter Anne. Anfangs glaubt Lea, endlich Frieden zu finden, sie verliebt sich sogar in den attraktiven Landarzt Sean. Doch die Postkartenidylle trügt. Als eine Frau verschwindet, gerät Sean unter Mordverdacht. Lea beginnt mit eigenen Ermittlungen, die sie bald in Lebensgefahr bringen. Nachdem sie einen Unfall mit viel Glück überlebt, wird Lea aus dem Krankenhaus entführt. Wer hat ein Interesse an ihrem Tod?

Blue Light Berlin-Krimi –
in Zusammenarbeit mit dem Ex-Bullen Michael Hellmann

Band 1: … und aus bist du

Als die Hauptkommissare Claudia Westermann und Robert W. Robinson in eine Neuköllner Hinterhofwohnung gerufen werden, ahnen sie nicht, dass der Fall zu einer großen Herausforderung für die Berliner Mordkommission werden und sogar ihr Leben für immer verändern wird. Ein Familienstreit wurde von dem erwachsenen Sohn Denis mit dem Messer beendet. Sein Stiefvater stirbt im Rettungswagen, seine Mutter wird schwer verletzt ins Krankenhaus gebracht. Denis gelingt die Flucht, bevor die Polizei eintrifft. Von Céline, der zehnjährigen Tochter des Opfers, fehlt jede Spur.

Für Denis scheinen in dieser schwülen Freitagnacht alle Albträume wahr zu werden, er befürchtet, dass seine kleine Schwester entführt wurde. Obwohl nach ihm gefahndet wird, bittet er die Ermittler der Berliner Mordkommission um Hilfe. Doch nicht nur die Berliner Polizei, auch Célines Freunde machen sich auf die Suche – ohne zu ahnen, dass sie dadurch einem Kindermörder gefährlich nahe kommen.

Band 2: Der Tod trägt Schwarz

Toter Priester in St. Elisabeth. Pater Ludger wurde mit einem Kruzifix erschlagen. Viele Spuren und noch mehr mögliche Motive weisen in Richtung Wedding. Die Mordkommission unter Leitung von Claudia Westermann steht unter Druck: Presse und Inspektionsleiter drängen auf Ergebnisse. Da kommt die schnelle Verhaftung eines Verdächtigen gerade recht. Doch während die Ermittler in ihrer Stammkneipe Blue Light den Erfolg feiern, wird der Küster der englischsprachigen Mission mit einer Machete grausam niedergemetzelt.

Band 3: Denn ich habe dich erlöst

Ein Obdachloser rennt mit einem abgeschlagenen Frauenkopf schreiend in eine U-Bahn-Station. Die Berliner Mordkommission steht vor einem Rätsel. Wer ist die Tote, und warum wurde sie so grausam geköpft? Wo ist ihr kopfloser Körper geblieben? Der Mörder lässt den Kommissaren nicht viel Zeit. Bereits am nächsten Tag schlägt er erneut zu und präsentiert einen weiteren Frauenkopf in einem Schöneberger Park.

Während die Ermittler fieberhaft nach Gemeinsamkeiten zwischen den Opfern suchen, machen auch jugendliche Skater einen grausigen Fund. Und der Mörder hat bereits ein viertes Opfer im Visier. Doch noch ahnt niemand, dass Claudias ehemaliger Partner „Double-u" und die pensionierte Leichenspürhündin Agathe dem Serienkiller bereits begegnet sind …

Krimi-Reihe Kudamm 216:
Erbsünde

Die arbeitslose Journalistin Judith, Generation Praktikum, bekommt einen Recherchejob bei der alten Krimiautorin Alice von Kaldenberg, genannt Lady Kaa, am Kudamm 216. Dass sie bereits bei ihrem ersten Interview Opfer eines Verbrechens wird, stand nicht in ihrem Arbeitsvertrag. Zusammen mit ihren Kollegen soll sie die Hintergründe des Mordes an einem Berliner Schönheitschirurgen aufklären. Dabei wird schnell klar: Der Professor war kein Chorknabe und seine Familie hat so manch dunkles Geheimnis, das weit in die Vergangenheit führt und nicht nur Judith in Lebensgefahr bringt.

Sommernachtsmord

Und noch ein heikler Auftrag für „Lady Kaa“ und ihr Team vom Kudamm 216: In Berlin Wannsee werden zwei Leichen gefunden. Die Ermordeten hatten sich 1968 während einer Klassenfahrt abgesetzt, angeblich in das Heiratsparadies Gretna Green. Seitdem fehlte von ihnen jede Spur. Jetzt steht Konstantin von Kaldenberg unter Mordverdacht, denn die Ermordeten waren seine Geliebte und sein bester Freund. Kaldenberg gerät in Panik und bittet seine Exfrau, die Krimiautorin Alice, um Hilfe. Die Suche nach dem wahren Täter führt Alice und ihre Mitarbeiter nicht nur zurück in den „Sommer der Liebe“, sondern auch in eine geheimnisvolle und lebensgefährliche Welt aus Tausendundeinem Albtraum.

Erpresst

Panik am Kudamm 216: Alice von Kaldenberg, genannt Lady Kaa, ist spurlos verschwunden. Und das ausgerechnet während der Frankfurter Buchmesse, auf der ihr neuester Krimi vorgestellt werden sollte. Steht ihr Verschwinden in Zusammenhang mit dem Mord an Filmmogul Hermann Wiesenhagen, der Alice kurz zuvor in einer mysteriösen

Angelegenheit um Hilfe gebeten hat? Als auch noch ein Schriftstellerkollege, mit dem sie in einer Talkshow über wahre Kriminalfälle diskutiert hat, tot in seinem Hotelzimmer aufgefunden wird, steht Alice plötzlich unter Mordverdacht. Der dritte Fall aus der Reihe Kudamm 216 stellt das Team und Exmann Konny vor große Herausforderungen. Werden sie Lady Kaa retten können?

Blogbuch

Snowbirds – Mein Winter in Florida

Welcome to Paradise: Millionen Menschen träumen davon, den Winter in Florida zu verbringen. „Später mal", das versprach sich auch Nika Lubitsch jedes Mal, wenn sie aus dem Urlaub zurückkehrte. Jetzt hat sie ihren Traum vom Überwintern im Sunshine State wahr gemacht und festgestellt, dass dort nicht nur Orangen blühen, sondern auch Zitronen wachsen. In ihrer unverwechselbar schnodderigen Art hat die Berliner Bestsellerautorin ihre Erlebnisse gebloggt, in der Nachschau kommentiert und mit Tipps für Snowbirds versehen. Herausgekommen ist ein erfrischend anderer Führer durch den floridianischen Winter: Florida für Fortgeschrittene.

Social Fiction-Thriller

Alligator Valley – Krokodile weinen nicht

Ein 13-Jähriger wird in einem Krankenhaus in Berlin gekidnappt. Im Golf von Mexiko wird ein Casinoschiff entführt. Beide Verbrechen haben das gleiche Ziel: Die Operation von alten Menschen soll erzwungen werden.

»Alligator Valley – Krokodile weinen nicht« führt den Leser ausgehend von den sechziger Jahren des vorigen Jahrhunderts in das Jahr 2053, dessen Realität uns näher ist, als wir denken. Nach einem Cyber-Krieg ist die Welt aus den Fugen geraten. Damit die Jungen genug zum Leben haben, werden Menschen über 75 Jahren nicht mehr ärztlich betreut. Alte, die es sich leisten können, kaufen sich in die Alligatorenstaaten ein. Diese Altenrepubliken sind nach dem Alligator benannt, der doppelt so alt wird wie jedes andere Krokodil.

Der 13-jährige Urs und seine Familie in Berlin sowie die TV-Frau Alice und ihre Freunde im »Alligator Valley« sind die Helden dieses Social-Fiction-Thrillers. Als durch einen rätselhaften Zwischenfall alle Satellitenverbindungen rund um den Globus zusammenbrechen, steht die Welt vor dem Kollaps, auf den sie seit Jahren hintaumelt. Nur in den Alligatorenstaaten haben die Menschen damit kein Problem, denn die Alten haben die Technik und das Know-how von gestern. Ausgerechnet die ausgemusterten Alten könnten jetzt die Jungen retten. Aber wollen sie es auch?

Kurzgeschichten

Strandglut – 27 Short(s) Stories

Eine Weltreise für die Badetasche: Besuchen Sie eine mörderische Familie auf einer Südstaatenfarm oder Istanbul mit einem Berliner Gemüsehändler, stimmen Sie ein in den New York City Blues oder bangen Sie mit der Braut in Las Vegas. Besuchen Sie das Everl auf der Alm oder fliegen Sie mit einer Klatschreporterin in die aufgehende Sonne. Verlieren Sie Ihr Herz in Disney World und erleben Sie einen Sonnenuntergang in Acapulco. Die Daheimgebliebenen finden den Mörder von Adele und das Geheimnis des Brühwürfels, Sie gehen auf einen nächtlichen Raubzug in Berlin und zeigen einem Callboy, wie Mann es richtig macht. 27 hinterhältige Short Stories, mal romantisch, mal spannend, aber immer mit einem überraschenden Ende. Coole Geschichten für heiße Tage.

Printed in Germany
by Amazon Distribution
GmbH, Leipzig

27198620R00150